无穷花开

WU QIONG

HUA KAI

皇甫卫明 著

国际文化出版公司
·北京·

图书在版编目（CIP）数据

无穷花开 ／ 皇甫卫明著. — 北京：国际文化出版
公司，2020.7
ISBN 978-7-5125-1210-8

Ⅰ．①无… Ⅱ.①皇… Ⅲ.①长篇小说－中国－当代
Ⅳ.① I247.5

中国版本图书馆 CIP 数据核字（2020）第 085408 号

无穷花开

作　　者	皇甫卫明	
责任编辑	宋亚珥	
封面插图	赵　鑫	
设计制作	鸿儒文轩	
出版发行	国际文化出版公司	
经　　销	全国新华书店	
印　　刷	三河市华东印刷有限公司	
开　　本	880 毫米 ×1230 毫米　　32 开	
	5.5 印张　　　　　　100 千字	
版　　次	2020 年 7 月第 1 版	
	2020 年 7 月第 1 次印刷	
书　　号	ISBN 978-7-5125-1210-8	
定　　价	32.00 元	

国际文化出版公司
北京朝阳区东土城路乙 9 号　　　　邮编：100013
总编室：(010) 64271551　　　　　传真：(010) 64271578
销售热线：(010) 64271187
传真：(010) 64271187-800
E-mail：icpc@95777.sina.net

目 录

第一章　家长群的关注

  林小芳来南湖小学支教前，有一个班级的家长已开始关注她了。当然，这所学校绝大部分家长对她是一无所知也毫无兴趣，即便在同轨的六年级平行班。语数外老师包括班主任，跟班顺顺当当，一般不可能更换。这就像打仗，临阵换帅乃兵家大忌。六年级，虽然与初三、高三远不在同一个重量级。但一句"不能让孩子输在起跑线上"的经典语录，如醍醐灌顶，让所有家长的紧迫感明显提前。才六年级？不对，已经六年级了！上什么初中几乎是孩子未来人生道路的分水岭，小学毕业班，好比分水岭前的暗礁，这一阶段，家长开始为孩子们筹划初中的去向了。

秋季开学前，冷清了一个多月的六（1）班的家长微信群明显活跃起来。群主第一个发布消息，说数学、英语任课教师不动，语文老师兼班主任换了一位城里来的老师。

"是新老师吗？"

"不要拿我们孩子当试验品。"

"不会越换越差吧？"

……

群友反应敏捷，仿佛一天到晚盯着手机。

群主接着说，是主动申请来支教的老师，不可能是新上岗的，更不可能是代课老师。

群主姓芮，是这个微信群的建立者。大家称他芮总，麾下有一家规模不大的实体公司，他有足够自由支配的时间，平时喜欢为家长出头露脸，当仁不让成了群里的领袖。学校家长委员会改选时，芮总以绝对优势获得这一块的推举。而后，在学校家长代表大会上，又当选为家长委员会常务会员。全校 1578 名学生，进出校门无须登记，保安不加阻拦的家长能有几个？芮总就是其中之一。更牛的是，他无须预约能直达校长室，校长还得给他沏茶倒水。所以他发布的消息，从理论上讲，应该是最可信，最及时，也最经得起考证的。

"柾为常委啦，就这么点不痛不痒的消息，信息量太小了。"有人打趣道。

"不会是空心汤团吧，我们再也折腾不起了！"

芮总解释，最近公司业务繁忙，借上厕所的空当，与匡校长通了个电话，准备 去一次学校，详细内容稍后发布。

这也难怪。翘首盼了一个暑假，是男是女尚不清楚，但凭这个十分女性化的名字，无疑是女老师。但是……但是……一个城里学校的老师，好端端的城里学校不待，是待不下去，还是犯了错发配到乡下的？支教？听上去高大上，家长总归不踏实。群策群力的结果不负众望，这得感谢强大的信息网络、盘根错节的人脉关系。有人说："随便什么人物，随便在世界哪个角落，拐六个弯子都能找到克林顿。"这一经典的发明者受时效限制，如果把"克林顿"换成"美国总统"，适用性就强多了。

有家长陆续发布信息：

"虞城红梅小学的，一直教语文，据说水平还可以。"

"35 岁左右，有两个孩子。"

"瘦小，不戴眼镜。"

"家住新世纪花园。"

一个尚未到任的老师，经方方面面地综合，零碎信息拼凑出了个大致轮廓。

一天夜里，学生乔军的母亲晒出一张照片，她亲戚家孩子在红梅小学上学。是一张隔着玻璃翻拍的上墙照，源自红梅小学宣传窗，加之两次转发，清晰度明显受到影响。

"蛮精神的。"

只有一个人说了一句针对照片，或者说与林小芳沾边的话。家长群的反应比较冷漠，关注度显然不在林小芳的样貌本身。乔军母亲补充道，她亲戚说了，能上宣传窗的老师差不到哪里。

这个微信群不包括全部家长，比学生数少了五位。这五位缺席的家长：一位没有微信，一位拒加，一位加了以后自己退出，还有二位，孩子常年由祖父母监护，其中一位使用老人手机，还有一位连手机都没有。5 比 40，只占很少的比例。

这年头，没微信太落伍了。刘翔母亲有微信，还不至于像缺席的 5 位那样，被彻底遗忘。那是一款只有 8G

的酷派手机，是她一次充值后移动公司免费赠送的。这个手机基本等同于一台座机，两口子合用，一天接听或拨打电话没几个，她在微信群永远处于潜水状态。她基本没有"微友"，每天睡前，她翻阅家长群，把看到的内容与男人分享，大多数时候没唠叨几句，男人已经打起了呼噜。

她捏住男人的鼻子，说："哎，群里在说，刘翔班上又换班主任了，是城里来的老师，这下好了。"

男人推开她的手，咕哝了一句："神仙也没用。"翻身睡去。

与刘翔妈一样潜水的家长也不少，但不等于他们就不关心群里的事。

这个夜里，谢婷婷父亲出外跑长途，婷婷黏在母亲床上。婷婷难得把弄母亲的手机，忽然发现家长群很热闹。母亲说："怎么又是一个女老师，能压得住？"婷婷说："是啊，我就喜欢男老师，六（2）班的欧阳老师真棒！"

第二章　第11办公室

　　知道林小芳支教的地方是南湖小学，热心的同事颇多不解："去哪里不好，偏偏去那个破地方？"

　　林小芳师范毕业后，考入红梅小学任教，十几年从没挪过地方。她家离学校近，步行几分钟就到了。上下班那么方便，多少同事羡慕她。令同事们困惑的不是她去的"破地方"，而是支教本身。放着安逸的日子不过，有饭作粥吃？在吴地，"作"的含义很宽泛，有一种意思是不甘平淡，渴望刺激，也有接近自讨苦吃的意思，可能还有些别的意思，只可意会不可言传。

　　南湖又名南湖荡。荡，意即水面不怎么大。想当年，纵横交错的芦苇荡如天然屏障，作为新四军抗日根据地，名声在外。南湖镇以湖得名，离市区十二公里。地理位置不算偏僻，由于底子不好，经济在虞城排位一直靠后。南湖镇地势狭长，在大规模撤并后，南湖小学保持着一中心一分校的格局，本部在镇子上。林小芳递交支教申请，只说村小，没有明确地方。组织上综合考量，把她调剂到这里。

南湖小学近百位教职员工，人员进进出出，每年总有个七八个十来个调动的，除非主要领导变动，会受到关注，其他普通教师去留都是波澜不惊的。更有老师来了半年一年，其他老师还不认识的。有一天放学，老师去车棚取车，发现靠边的棚柱上锁了一辆赛车，一位问："这是谁的自行车？"一位说："我也不知道，学校没有骑自行车上班的老师。"另一位说："好像是市里那个女老师的，有一天我晚走，看到一个女的，全副武装从校门口冲出去。"

"她骑自行车上班？"

"她不是城里人吗，那么远的路。"

这个骑赛车上班的老师就是林小芳。

开学前的期初教师大会，校长匡柏言作了新学期工作报告。匡校长作工作报告，从不含糊，认认真真做了PPT。第一页是一个醒目的主标题，大号隶书"实现幸福教育，开创南湖小学新局面"，换行，破折号，副标题字号稍小，整个页面美观、协调，从文字到色彩，都振奋人心。工作要点和具体工作，他从不照本宣科念稿子，插叙、生发、举例之类的枝枝蔓蔓、旁逸斜出，占据了绝大部分时间。匡校长实话实说，说工作报告年年大同小异，主要作用是存档。而那些旁逸斜出的插叙都是鲜活货，老师爱听。他把一场本当枯燥乏味、老生常谈的报告，变得妙趣横生。会场纪律良好，其中原因多多，校长身份的震慑力，对会场纪律的反复强调，等等。不过，他的口才确实 OK。

讲到"青蓝工程"这一部分，匡校长带出人事变动情况。先说走的，谁调动，谁辞职，说到通过考试进城的几位，感慨了几句："翅膀硬了就飞走了，都把乡村学校当成培训基地了，我们留不住人啊！"又说："城里有什么好？"底下有些骚动。匡校长及时收回话题，介绍新来的几位，让他们站起来，亮个相。这天，林小芳请假陪孩子看病，前几天报到时，对匡校长说："不要说我是来支教的，让我给人不扎根的印象。"匡校长觉得有道理，所以介绍到林小芳，不提"支教"，只说是城里一所学校调来的。副校长凌霏宣布课务安排，从一（1）班开始，报到六（5）班，从班主任到主学科、术科老师，那么多人，谁去关心别人，最多留意一下跟谁合班，跟哪几个同轨。

林小芳未能在隆重场合跟新同事照面，大大延缓了彼此的熟识。

南湖小学是一所百年老校，异地新建于20世纪90年代。尽管穷乡僻壤，但政府舍得投入，建造了在当时堪称一流的农村小学，曾名噪一时。随后，各个乡镇板块对教育投入越来越大，学校越造越高档，南湖小学的硬件设施就显得落后了。首先是教室偏小，其次是办公室过于分散，不实用。从正面理解，分散有分散的好处，按年级组设置，最大限度靠近教室。林小芳的办公室在三楼楼梯口，囊括了五位六年级班主任，其他任课老师在隔壁，也是五人。还有几位任课六年级的领导，不坐这里，在行政楼。

事实上，林小芳喜欢这种小办公室。红梅小学都是十几人的大办公室，人多眼杂，说句话、穿件衣服都要小心翼翼。人少，相对宽松。办公桌椅旧一些，办公条

无穷花开
WU QIONG HUA KAI

件差一些均无所谓，她早有思想准备。她从副校长凌霏处出来，到教导处拿了课程表、空白备课本和参考书，从行政楼天桥上转过来，转到"11办公室"，站在门口，抬头看了一眼侧伸在过道的门牌。三张桌子都有人，一张桌子上堆着东西，只有靠门的一张貌似空位，桌面上积了一个暑假的灰尘，脏兮兮的，抽屉大开着，凳子歪在一边。林小芳跟三位打过招呼，问："我坐这里？"埋头备课的女子没反应，弓腰整理的似乎没听见。林小芳又问了一句。后窗右边，藏在显示屏后只露花白头发的半个脑袋歪过来，打量了林小芳一眼，回答道："应该是，你就是城里来的老师？"

林小芳放下双肩背，开始清理桌子。她把两个抽屉里的东西统统倒在地上，把侧柜里的什物统统掏出来。乱七八糟的废纸，粘着油墨的笔芯，圆滚滚的黑不溜秋的橡皮，疑似从学生那里缴获的卡通片、书钉、黏乎乎的橡皮筋、半包发霉的小坚果……垃圾篓早满了，散落在地上，她跑了两趟，连带自己清理出的垃圾扔到底楼垃圾箱。她打来清水，把办公桌里里外外擦拭了一遍。桌面斑驳，黑色红色的水笔油彩渗入木质，用力擦了几次，色泽稍淡了一些，一时半会擦不干净，只能这样了。

靠门位子，是前任班主任留下的，属于学校从市里一家中介机构"买"来的代课教师。办公室也是小江湖，座位象征资历，这个位子是最差的。九月的阳光还很尖锐，从朝东的门里射进来，晒到桌子上。九点以前，林小芳不得不一次次起身关门。"秋老虎"肆虐，空气燠热。一台不知年头的老空调，出风口格栅早已不在，只留一方窄长的空洞丝丝有声。从外边进来稍觉凉爽，坐下片刻毫无凉意了。林小芳从家里带来转叶扇，跟电脑合用一个插座，无法正常使用，又从家里带了一个多用插座。

要在最短时间，记住办公室老师，以便招呼、交流。坐她后边这位衣着时髦的叫苗珊珊，右边自后窗起，依次是胡几何、顾亦斌、卢向红。

合班的两位老师在隔壁"12办公室"。圆圆脸，笑眯眯的叫闫玲，教英语，还带两班四年级。高瘦的老教师叫曹根生，五十挂零，或六十靠边，教数学。

"接六（1）班？"曹根生从架到鼻翼的老花镜架上投来询问的目光："这个班啊……"曹老师咂了一下嘴。

"怎么啦？"林小芳问。

闫玲说："进了教室，你就知道了。"

林小芳的初衷，最好接四年级，一个小循环两到三年，才能显出效果。匡校长摆出难处，说不放心把毕业班交给没经验的新教师"开荒地"，班子再三商量，只有你最合适。这个班比较吵，唯有像你这种有经验的老师才镇得住。我们拭目以待。

匡校长说得合情合理，语气不容商量。"拭目以待"一般用在还原真相之类的语境，用在这里可见期待之殷切，让林小芳倍感压力。

学生报名安排在8月31日上午8点，为了缓解交通压力，实行错时。校门口张贴了开学通告，校网和"家校通"发布过通知。学校购买的物业，服务周到，把所有的教科书分发到课桌上，大大简化了报名手续。有副班主任闫玲的协助，报名很顺利，但到中午依然有十几位学生未报到。林小芳一一打电话询问。大多无人接听。一位反问："不知道啊，你们怎么通知的？"一位说："还在老家，过些天才过来。"还有一位牛气十足："急什么，今天不是不上课么，明天来。"

闫玲在边上笑："不来最好，少一个，省一心。"

第三章　歌曲里有语文

　　开学第一天，上午第二节课，林小芳踩着预备铃走进教室。第一节上语文课的班级，已经学新课文了。他们都是跟班上来的，熟悉的班级，熟悉的学生，一切顺风顺水。林小芳认为，不急上课，眼下熟悉班情最要紧，其实也不能说是浪费，每册语文打头都有《培养良好的学习习惯》，可以结合着学。

　　林小芳拿着学生名单，开始点名。

　　林小芳已经阅过学生名单，不看不行呐。现在家长给孩子取名讲究，追求个性化，甚有冷僻字，不在你认识之列。像某知名大学校长，全校直播的开学典礼上读错了字，被人当笑料热炒，直到公开道歉方冷却。林小芳有个小学同学叫马骉，老师第一次点名，故意遗漏，点完名，马骉站起来说："还有我。"老师故作惊讶："你叫什么？"学生齐声道："马骉——"老师说："姓一个马，名三个马，家里开牧场？"一句幽默掩盖了知识短板。低年级淳朴，高年级不是好糊弄的，马骉曾奚落老师"是不是不认识三个马？"林小芳当了老师后，随时告诫自己尽量不犯此类低级错误。班上没有特别的名字，林小芳给练习册、练习本开名字，所有名字都写过 7 遍以上，半数以上记得。她想象这些名字对应的样貌，谢婷婷是个高挑的女孩，乔军是个帅气的男孩，乔香玉，小不点女孩，唐冬冬，可爱的小胖墩……

　　林小芳点名很慢，每报一个，学生站起来回应"到！"她要求学生站直身子，挺胸抬头，口齿响亮。点名是林小芳学生时代的常规，现在连点名册都省略了，再说，谁到谁没到，对照座位表一目了然，哪个老师多此一举。林小芳不这么看，点名看似简单，深层次意义代表团队凝聚力。与学生目光对接的瞬间，林小芳观察孩子的眼神，精气神，附带验证想象中的模样。纠正站姿，鼓励大声应答，她说以后上课回答问题，就该这个样子。

班干部要不要重选呢？林小芳征求学生意见。学生开始轻微地骚动。以前班干部从来不是选的，都由老师任命。从一年级做到六年级，班长、班委、课代表无限期担着，一般情况下，班主任懒得调整。林小芳示意安静，说："班干部是动态的，不搞终身制。"又说："目前我对所有同学的了解都是一张白纸，暂时不作调整，沿用五年级时的班干部，不过，都是临时的，不写到上墙表中。等过了一两个星期，重新选举，同意的请举手。"学生陆陆续续举起手。林小芳又说："班干部是班级的灵魂，既要尊重大多数同学意见，又要尊重本人的意愿，如果本人不愿意担任，可以自己提出来，不过需要陈述理由。"

这又是新鲜事。有不愿意当班干部的吗？在有些学校，"三好学生"评选，班干部竞聘都备受家长关注，甚而沾染了功利性。光挂个名头，不干事的班干部谁都可以当，实实在在做事的班干部需要能力支撑，需要点奉献精神。也有早"懂事"的孩子，担心当班干部分散精力，影响学习。当然，推辞的极少，抢着当的多数。林小芳所以要让本人陈述推辞的理由，自有她的道理。

无穷花开

　　大半节课过去了，班级纪律良好。林小芳天生一副"老板"脸，也就是说脸部表情不够慈祥，不怎么爱笑。不爱笑的老师学生有点怕。以前办公室有个同事，天生笑脸，笑是她的长相而非表情，学生在作文中写道："某老师笑眯眯地骂人，连发火的神情也是优雅的。"林小芳做不到，自嘲"吃相难看"，不适合教低年级。

　　林小芳在黑板上写下自己姓名和手机号，让学生把手机号记在语文书上。学生拖着尾音读"林——小——芳——"不待写完手机号，教室后面突然响起一声怪叫："林，小，芳。"每个字都拐了弯变了声调，接着又是一声怪叫"林小芳"，像捏住了鼻子瓮声瓮气。全班立即一片哄笑，那两位愈发嘚瑟，喊得更得劲。林小芳回头看去。全班的目光都聚焦到她脸上，看她怎么收拾。那两个学生都坐在最后一排，一上课就不怎么安分。林小芳用余光注意到，两人偷偷递眼色，个头最高的叫刘翔，戴着眼镜，白白净净的叫荣昊天。曹老师曾排出一大串名字，这两位居首位。

　　这俩是侦察兵，底下蠢蠢欲动的多着呢。一般老师碰上这种硬茬，喜欢硬碰硬，火冒三丈大骂一顿，勒令站起来，或武力镇压——尽管上头三令五申严禁体罚，变相体罚依然难免。老师不就这么点招数么，骂一通，惩罚一番，跟家长告黑状，孩子忍一忍，一转身欢欢喜喜若无其事。如此往复，孩子依然如故，老师江郎才尽，索性撒手不管了。

林小芳脸色如常，而目光峻厉。"叫啊！今天给你们自由，扯着嗓子使劲叫！"林小芳慢慢走到后排，挡在两个人中间，"你，再喊一遍。""还有你呢？"那两位吃不准老师的意思，隔着老师对不上眼，不出声。林小芳从刘翔眼里读到了桀骜不驯，与他对视了十几秒，刘翔终于移开视线。"男子汉大丈夫，背后搞小动作有失身份。"荣昊天也扭头看着别处。

"你们，还有谁想闹？"林小芳扫视全班。女生端坐着看着黑板，只有少数几个男生偷眼看老师。

林小芳问："我是不是你们老师？""是——"回答三三两两。"大声回答！""是！""你们可能觉得好笑，老师怎么问这个脑残级的问题，这不是明摆着的答案吗？"

"正确的称呼，该叫我什么？"

"林老师——"

"如果以后，你们觉得我这个老师不够格，可以不叫我老师，好不好？"

这个问题是无法回答的。一位失口道"好……"声音很轻，大概习惯了有口无心的机械问答，当这个孩子觉察到无人响应，已经说了半个"好"，连忙咽下后半个字。同学投去嬉笑，那个小女生胖胖的小脸漾起红晕，索性埋下了脸。教室里又是一阵嬉笑。林小芳说："没啥难为情的，老师喜欢你的诚实。"

林小芳才把手机号写完，下边又躁动了。"村里有个姑娘叫小芳，长得好看又善良……"唱歌的是荣昊天。"唱得真好！"林小芳鼓掌，"发音纯正，不似刚才怪腔怪调。你长得挺像李春波的，李春波也戴圆圆镜片的眼镜。"林小芳观察荣昊天，"才两句？老师不过瘾，继续唱，大家掌声鼓励！"教室里响起掌声。"妖怪只会唱两句！"有人嚷嚷，是刘翔。

"妖怪？"

"是他自己起的外号，老师也这么叫他。"乔军说。

"以后不准叫外号，荣昊天，就这两句？"

荣昊天摇摇头。林小芳说："接着唱。"

"一双美丽的大眼睛，辫子粗又长……"

林小芳说："会唱的一起唱。"

"在回城之前的……"

想不到，那么多孩子会唱这首二十多年前的老歌。林小芳估计，孩子是从家长汽车 CD 上学会的。听多了，至少能哼几句。"今天的学习内容是《多种途径学习语文》，从歌曲中学语文，也是一条途径。我们就从这首歌中开始学语文。"

"这首歌的作者是谁？"

"李春波。"

"对！李春波是作者，也是第一个演唱者。再问，小芳是不是真实人物？"

众孩子一脸茫然。

林小芳故意卖了个关子："小芳姓什么？姓林？"孩子笑。"姓赵钱孙李？姓什么无关紧要，她就叫小芳，小芳是个符号。"

跟六年级的孩子们谈这些，似乎过于深奥。林小芳需要借此镇住他们。

"跟文章一样，歌曲也有创作的时代背景。它代表了一个时代，代表一群人，返城知青的知青情结。"林小芳板书"知青情结"。"所谓情结，就是历史留下的烙印，生活刻下的回忆，让人魂牵梦绕。"

"李春波不是知青，不是歌曲中的'我'，'我'是谁呢？"

"男知青。"

林小芳对应答的圆脸女孩投去赞许的目光，又抛出一个问题："你们觉得这个男知青好不好？不要急着回答，允许你们小组讨论。"

学生热闹起来。

"好！"圆脸女孩说，"多年以后还惦记着小芳，念念不忘小芳给他的……爱。"

圆脸女孩文静，有见解，人称转换准确，表述到位，尽管跨越了成人话题。

接下来的回答大同小异，一个基调。

林小芳说："我的看法完全相反。他既然对小芳念念不忘，当初进城为什么不带她走，为什么让她的'泪水随着小河淌'？当初他抛弃了小芳，内心备受良心的煎熬，若干年后，便假惺惺吼几句'谢谢你给我的爱，今生今世不忘怀'，对于受他伤害的小芳，于事何补？他只不过摆出赎罪姿态，减轻自责罢了。"

孩子听得一愣一愣的。

"当然，成人世界的种种无奈，不是你们所能理解的。同学们，我要说的是语文，生活处处是语文，语文与生活一样，没有标准答案。"林小芳表扬了圆脸女孩，记住了并不亭亭玉立的谢婷婷。

　　估计这个晚上，班里孩子都跟父母提起这位新来的老师。家长群一反常态，静悄悄的，他们还在观望。

第四章　我是跑马拉松的

　　尽管有心理准备，初来乍到的林小芳，还是感觉不太适应，姑且谓之水土不服。是啊，在一个单位待长了，待惯了，脸熟地熟，连心跳呼吸都与周边合拍。随之而来的，是适应性退化。要适应新环境，先得改造自己。

　　林小芳没当过领导，对管理缺乏发言权，隐约感到不对劲，至于哪里不对劲不太明晰。就说教学"七认真"要求，副校长凌霏再三强调，校园网文件库中也能查到。问题是"细则"不细，缺乏操作性。最简单的，给练习本开封面，班级姓名校名究竟手写还是用印章，位置在哪里？没个统一规定，各人各做。簿册使用也是，她问胡几何抄写作业怎么弄，胡几何是年级组长，表情怪怪的，说干吗要抄写呢。她一个个问同轨老师，凌霏和欧阳教导有正规的抄写本，苗珊珊的抄写本当家庭作业，胡几何以硬笔习字册代替抄写。习字册与抄写的侧重点是不同的，能替代吗？胡几何说，弄弄么好哉。林小芳不解，年年发下来的那些双线练习怎么处理。胡几何说，随你怎么处理。

第一次抄写作业，《我们爱你啊，中国》课文中6个带生字的词语，4个成语。林小芳给他们预留6分钟时间，下位巡视。全班40人，字写得入体的不足10人，半数还过得去，特差的竟然有不少。

荣昊天干坐着不动，林小芳问他，他说："钢笔坏了。""谁有多余的钢笔，借他一支？"一个学生举起钢笔说："他从来不写作业。"林小芳把钢笔递给荣昊天："今天给林老师一点面子，别人写四遍，你写两遍，哪怕一遍。"荣昊天不接。

刘翔每写一字，都东张西望一番。别人差不多写完了，他才写了三个词语，潦草不说，多处涂改。"慢慢写，把字写端正。"林小芳提醒他。刘翔瞟来一眼，一脸无所谓。

唐冬冬低着头，胖胖的脸几乎贴着纸面。这孩子，目测至少80公斤，做父母的咋不急呢。他写的字，所有笔画都是散架的，排列七高八低，如乱石铺路，怎么把字写成这样呢。

刘翔不声不响从后门溜了出去。后门本来开着，林小芳发现靠门边桌位突然空了，刘翔早跑出几间教室的距离了。林小芳以为他内急。唐冬冬说："他上课时经常要跑出去的。"有孩子补充说："他跑得很快很快，谁都追不上他。"

"这两个孩子啊，神仙也无奈。"闫玲好意劝林小芳不要太放心上，告诉她，荣昊天从一年级开始就不做作业，还惹事，几次申请给他测智商，他智商好着呢，关键时刻表现特好，定不了"随读生"。刘翔么，上课跑出去玩是常态，把楼梯扶手当滑梯，骑到围墙上，藏到厕所里……他父母都知道。

林小芳还了解到，刘翔在学校运动队待过，怕吃苦，半道退出了。体育训练激发人潜在的野性，运动员出身的孩子难管。他仗着能跑，戏弄老师，包括校长，几个代课教师，满操场满校园追他，累得气喘吁吁，都追不上他。

林小芳问刘翔："知道跨栏的刘翔吗？"刘翔点点头。林小芳说："你爸爸妈妈给你取了这个名字，一不小心沾了世界冠军的光，也砸了世界冠军的台。如果真刘翔知道这里还有一个不争气的刘翔，他有何感想呢？"刘翔说："不知道。"

通过接触，林小芳觉得刘翔很单纯，就是不懂事，自制能力远远落后于年龄。

"听说你跑得很快，班里有没有人跑得过你？"

"没有。"刘翔很自信。

"教过你的老师呢？"

"也没有！"

林小芳说："我俩比一比谁跑得快，如果我输了，以后上课同意你乱跑。如果我赢了，你得规规矩矩坐着。"

刘翔狐疑地望着林小芳，点头："跑多远？"

林小芳说："随你多远。"

这样的比赛，在南湖小学旷古未有。当着全班学生，林小芳与刘翔郑重承诺，并拉钩。

比赛定在六（1）班体育课上。偌大的操场，同时上体育课的有六个班级。比赛把操场上孩子们的目光都吸引过来了。体育老师以哨子代替发令枪。一声哨响，两人沿着 400 米跑道疾奔。刘翔这孩子，天生是运动员的料，加之受过正规训练，身姿、步幅、摆臂恰到好处。林小芳一时处于落后，一圈下来，刘翔脚步渐渐滞缓，林小芳赶上来，不超越，一直与他保持平行。跑完第二圈，刘翔明显体力不支，没能坚持跑完三圈。

林小芳又跑了两圈。

"记着，我是跑马拉松的。"林小芳对刘翔说。

果然，上课时刘翔没再溜出教室。

林小芳的第一次家访，选择了刘翔家。不可谓之真正的家，只是暂住地。"想不到这么娇小的母亲生了那么高大帅气的儿子"，林小芳是第二次见刘翔母亲了："我不是来告状的，随便走走，了解点情况。"

刘翔母亲说话极快，方言浓重的普通话听着吃力。

这个叫桂花的小女人，乍一看像没有发育完整的初中生，实际年龄还不到三十岁。不过，这个年龄不该有的眼角密密的鱼尾纹还是透露了她生活的磨难。桂花很小就出来打工，很早就当了母亲。她做母亲的年龄实在太小了，自己仿佛还是个孩子呢。两口子租住在街尾一个农家的小屋，专职做绗皮筋，就是把宽窄不等的皮筋，绗入夹克类下摆、袖口、沙滩裤裤腰，形成均匀的皱褶。

桂花男人，也就是刘翔父亲，负责一家家取料、送货，得空两个人一起干活，活儿多的时候，白天黑夜连轴转。

父母太忙，孩子失教，是这类孩子共同的家庭背景。林小芳想切入正题，端出孩子教育的话题，总是被桂花扯到别处，可能她太需要倾诉了。退一步说，红梅小学的学生普遍家境好，这种情况填补了她一贯的认知，林小芳耐着性子听。

到刘翔该上幼儿园的年龄，类似家庭的孩子进不了公办幼儿园，只能上民工子弟学校。路远不说，一个班百十个人挤在一间教室里，像沙丁鱼罐头，像运输非洲黑奴的木船，家长看了心疼。这个小个子女人，做出了一个惊人的决定：无论花费多少代价，上公立幼儿园！桂花说："我亲身体验到没文化的苦，一定要让孩子接受良好的教育！"

桂花托租住的本家走门路。本家是老实巴交的农村人，爷无好亲，娘无好眷，在这旮旯也属于"搭不够"的户头。本家表示无能为力。桂花知道本家不是成心不帮忙，而是帮不上。

有个收垃圾的胖子骑着三轮车，吆喝着天天在门口过。他喜欢瞎招呼，闲扯，套近乎，跟桂花熟络。有一次，桂花跟他说起孩子上学的事，胖子说，这事你找对人了，我期初期末都要到学校里收废纸，哪个领导不熟？只是……胖子捻捻手指。桂花懂，说钱的事你不用操心，真成了，亏不了你。桂花病急乱投医，若不是家里没现钱，真把钱给他了。

桂花跟老公商量，老公有些犹豫，说听闻这胖子不地道，骗了好几家的钱，千万不要上他当。

有好消息传来，学校实行积分入学！

老公将信将疑。桂花去幼儿园打听，又去了镇里"积分办"了解详情，回来后神情有些亢奋，对老公说，争取多积点分数，让孩子上公办。

为了多积分数，桂花报名参加了"义工团"，每天黄昏穿着红背心到街上和小区义务巡逻。两口子还积极参加义务献血。

最终，儿子刘翔以较高的积分获得进公办幼儿园的入学机会。桂花对政府积分入学政策挺感激的，以后又加入了学校义工团，不过现在她不为积分，纯粹是奉献。

林小芳几次打断桂花，但桂花依然说了这些话。她诉说进公办学校的不易，表达对孩子现状的担忧，做母亲的失望。

"你从什么时候开始发现孩子不想读书的？"

"三年级，进了运动队以后。老师说刘翔身体条件好，有天分，我们指望他能向那方面发展。结果半途而废，心却野了，学习也落下了。"

林小芳分析："厌学跟基础有关，这得慢慢来。目前孩子最大的问题是注意力不集中。"

桂花说："是啊，不肯好好做作业，每天弄到很晚。"

林小芳说："以后做作业，你在边上盯着，他一开小差就提醒。祛病如抽丝，你要有足够的耐心。"

第五章　把自己钉在教室

　　这个班，远非匡校长说的"比较吵"。

　　还得追溯到五年前，这个班一年级时，语文老师是一位新师范生。孩子一路看着老师恋爱，结婚，怀孕，生子，三年生了两胎。五年中，她真正上班的日子勉强打个对折，其间上课还不正常。三升四时，没有老师愿意接这个班，填补空缺的都是代课老师，最少的只代了半个月。"投在这个班，倒霉死了！"家长意见很大，只能干着急。有能力的家长，市里买房，搞关系，把孩子转走了。也有曲线调动的，有一个学生，先是转到分校，半个学期后转回来，居然进了六（3）班。这件事激化了家长与学校的对立。最棘手的时候，匡校长不得不亲自坐镇，上语文课。前前后后算下来，历任语文老师有九位。

一个全校闻名的吵班、乱班、差班，还有更难听的说辞——"垃圾班"，要在一年中扭转过来，谈何容易？付出了，尽力了，问心无愧。对于老师，一个学生只是几十分之一，几百分之一，而对于家长，是百分之百。

上课时，林小芳目光如炬，一有风吹草动，宁可停下斧头凿子肃整纪律。磨刀不误砍柴工，先把纪律整饬停当。一下课，问题就来了。不等她转身出教室，教室里"訇然"炸开了，奔跑的，打闹的，摔门的，闹得一塌糊涂。学生不管有没有作业，哪怕还剩一个字，本子一扔，放在脑后。四台吊扇"哗哗哗"开到最大档位。直吵到下一节上课，一个个头发湿漉漉的，喘着粗气，等心平气和，五分钟过去了。而且，为了挤出更多的时间吵闹，很多人作业马马虎虎，乱写乱做。

林小芳把自己钉在教室里。她的课，下了课不走，别人的课，一到下课就钻进去。她往后窗一坐，批作业，写教案。有她在跟没她在完全不一样，毕竟老师在那里坐着，不说话，不阻止，不训斥，偶尔抬头巡视，盯着一角不放，胆大的成不了气候，胆小的收敛了许多，本来不想吵的孩子，静静坐在位子上，做作业，整理讲义，翻看"阅读考级"书籍。

课间，欧阳教导路过教室，驻足探身："难怪这么安静，你在教室呢。"林小芳问学生："欧阳教导说的话是什么意思？至少传递了哪些信息？"她让学生把答案写在本子上，说这也是语文呐。学生感同身受，这种游戏式的生发比单纯的文本阅读有趣得多。答案无所谓，她在乎答案背后的答案。

"1. 说明以前很吵；2. 今天课间纪律良好；3. 有老师管着我们才守纪律，说明我们还不够自觉；4. 林老师对我们不放心；5. 欧阳教导一直关注我们班。"

毕竟六年级学生了，都能写一点。其中谢婷婷等几位条分缕析，丝丝入扣。林小芳选择了上述乔军的答案，说一般同学都是反省自己，很少像他站到老师的立场考虑问题的，这叫设身处地，也叫换位思考，就凭这第五条，说明他细心周到。记住，学习习惯与学习品质比学习成绩更重要。

曹老师提醒过，乔军聪明伶俐，一不小心翘尾巴，所以以前的老师都对他比较"压"。林小芳觉得，开学一个多星期了，乔军表现可以，不妨"抬"他一下，看看他的表现。

教导处在 QQ 群和"飞鸽"同时发布通知，期初"七认真"检查，把备课作业送到行政楼会议室。林小芳自查了一遍，备查物多，分两次送过去。"同步练习"太沉了，上边压着一叠习字册，她抱着从办公室出来，走廊里遇到胡几何。胡老师关切地说："干吗不叫学生送过去？"林小芳想，这种事情怎么能差遣学生呢。果然，她一路碰到好多帮老师搬簿册的学生。有个低年级学生，抱着一大摞作业，晃晃悠悠，一不小心滑落几本，想蹲下捡起来，结果稀里哗啦撒了一地。

次日，林小芳在 QQ 群里问是否查阅完毕，想取回做作业。凌霏发来信息，是 QQ 上私聊，让她过去一次。

凌霏在"校长室2"，行政楼三楼靠东第二间。不大的办公室，对放两张办公桌。另一位副校长兼分校校长，基本不过来坐，这张桌子充其量摆设，任由凌霏叠放书刊杂物。

凌霏留短发，个头不高，扑闪的大眼睛能说话。凌霏表达对林小芳工作的关注，扯到在红梅小学工作的同学……拐弯抹角，转入正题。问起红梅小学练习册选用、学生用笔规定、老师批改要求，以及备课、上课的规定。话锋一转，说这次检查，发现了一些小问题，比如说，学生用笔不规范，作业质量不高……林小芳让凌霏细说。凌霏说："六年级语文作业一律使用钢笔。至于作业，就是练习册正确率太低。当然，不是大问题，以后上课注意做些针对性辅导。"

林小芳当然知道，从四年级开始该使用钢笔了。可这个班，写字明显脱节，使用铅笔便于返工，过渡一段时间，视情使用钢笔。而且，练习册纸质差，墨色透到背面，很难看。

两本练习册，《补充习题》与教材配套，做课堂作业。《同步练习》是大开本，作家庭作业，部分有答案。林小芳撕了答案，要求先动脑子用自己的理解答题，实在答不上来可以空着。结果，订正、涂改很多，对正确率、页面整洁都带来影响。

会议室里备查资料还在。林小芳翻阅凌霏班的作业，页面整洁，字迹工整。练习册正确率确实高，奇怪的是居然没有错的，这怎么可能，又是怎么做到的呢？凌霏班的抄写作业，用"别致"形容似乎最合适，每一课，都抄写十六个词语，每行四个词语，四行，从第一页翻过去整齐划一，就像流水线下来的工艺品。有些课文仅两三个生字，用得着这样弄吗？请教欧阳教导，欧阳说，她是个完美主义者。林小芳心里暗暗说了一句什么。

欧阳教导是接近退休年龄的老教师，上课时洪钟之音常常从隔壁门窗窜出来，拐个弯，飘进来。两班教学进度差不多，林小芳带学生读课文，隔壁也在读课文，林小芳才说完一句话，隔壁也在说同一句话，惹得学生窃笑。

林小芳有时走过其他教室，很少听到老师说话声，教室里静悄悄的，学生总是埋头作业，默背课文。"哑巴语文"，林小芳脑子里突然冒出一个词。语言是需要读，需要说的，看和做无以替代。反过来想，也不错，语文考试考的就是"哑巴语文"，"言"是反映不出的。可是，学语文仅仅为了考试么？

林小芳不是领导，不便翻阅其他老师的作业。偶然间，她发现六（4）班做练习册，胡几何把答案摊在投影仪上，让学生抄写。后来她发现，老师们都有两本"标准答案"，向上一届老师要来的优秀作业，一直把答案"喂"给学生。难怪他们做得那么好！比起他们，林小芳

确实有吃力不讨好的成分了。不过她相信，世上没有白
吃的苦。

第六章　用不着"课课通"

有家长在群里问:"有的学科怎么不发布家庭作业?"这自然指语文了。

这个班本来有一个家长 QQ 群,是一年级时班主任尹曼玉建起来的,主要用于发布通知,布置家庭作业。到三年级时,QQ 群废止,为微信群替代,当时有 3 位老师,近 40 名家长。说起来,这个群应该谓之"母群"。后来,家长在这个群之外另建了一个群,把老师排除在外。其出发点,不言而喻。

都六年级了,还用得着向家长发布作业信息么?林小芳了解到,学生都备有专司记载家庭作业的本子。她说不需要本子记，记在脑子里就可以了。如果真的忘了，可以打老师电话。三门课程，一共没多少作业，老是依赖外力，反而助长惰性。

"林老师，今天是不是没有家庭作业？"家长电话来了。

"有，你问孩子。"

不管家长怎么说，林小芳始终坚持说"不"。过一阵，都习惯了。她说布置家庭作业，学生顿时安静到极致，怕漏听了一个字。

这天，学习内容是古诗，杜甫的《闻官军收河南河北》。古诗文的阅读理解不能就诗而诗，得放在广阔的背景中。熟读吟诵后，林小芳让学生找"诗眼"，学生很快找到了"喜"字。然后一句句解读，用自己的话说说诗句意思。高年级孩子不似低年级无所顾忌，举手发言的不多。"说错不要紧，大胆说。"林小芳让乔军说，乔军对答如流。让乔香玉说，也不错。随便指哪一位没举手的孩子，都能答上来，几近标准答案，却高度雷同。林小芳有些奇怪，芮菲菲突然冒出一句："他们都有'课课通'。"

林小芳随手拿起一本"课课通"翻阅。一本小 16 开本的辅读材料，比教科书厚，纸质和印刷都很差。每篇课文，从字词到课文到练习，解读详细，知识点清晰，对学生很实用。经过了解，全班三十多人有"课课通"，上课时有的摊在桌屉，有的压在语文书下，只是她没注意到。有了这本书，学生变得先知先觉，老师的解读几无新鲜感，学生回答问题不需要动脑子，貌似热闹的高质量互动，变成了对台词，思维与语言训练效果大打折扣。

林小芳让学生讨论："课课通"究竟好不好？利多还是弊多？

这还用讨论，几乎所有学生认为，"课课通"好，对学习有帮助。

林小芳没有简单否定。她告诉学生："学习的最终目的不是答案本身，而是寻求答案的过程，包括感悟、思维、语言组织，简单点说就是动脑。纵然答得不完美，也比抄现成的强。帮你们走了捷径，帮你少动脑子，算不算真正的帮助？"

学生若有所悟。

林小芳表示，尊重学生的选择，如果有人觉得非要用，光明正大摊在桌子上，不必藏头露尾。

话说到这份上了，利多或弊多还需讨论么。此后，"课课通"从班上绝迹。

林小芳怎么也想不到，此举触犯了某些人。

那劳什子只会误人子弟，既然不用了，宝贝一样藏着掖着的转瞬变成粪土。毕竟花钱买来的，"变现"最现实，用过了，写上名字了，折几块钱在情理中。校门口的文具店承诺过无条件退货，嘀咕几句，只得吃进。其中一多半是胡几何推销来的。胡老师挺有商业头脑，跟网商谈价打对折，30元的书15元买下，加价10元，完全一样的书，比店里便宜5元。省下的5元可以买零食吃，孩子何乐而不为呢。

自己班上人手一册，胡几何还把手伸到其他班。新来乍到的林小芳，对此一无所知。一本书得利10元，一个班三四百元，对于有些人不起眼，沾一点羊肉腥子惹一身骚，不值得。有些人不这么看，一笔唾手可得的收入呢。学生把书还给他，起初几个，胡几何还算爽快。这种地下交易都是悄悄进行的，交接的时间越短越隐秘。当六（1）班群体性退货时，他的脸色不好看了，网购退货期早过了，他面临倒贴。学生间信息传播快，退货很快波及别的班级。办公桌底下堆满了破损不一的"课课通"，"不退了！"他呵斥道。

如果胡几何肯吃哑巴亏，事情还不至于那么糟。家长把这事直接捅到校长那里。之前，匡校长也有所耳闻，马上退下来的领导，只要没造成影响，多半眼开眼闭，置若罔闻。家长威胁，学校不处理将在网上曝光。匡校长坐不住了，勒令凌霏彻查，限期答复。凌霏把这事交给了欧阳教导。

这不是好差事，欧阳教导知道他们怕得罪人，这个难事就让自己做吧，总得有个人出头露脸做"坏人"的。还用调查么，到办公室一看就明白了。

欧阳教导做事较真，深入到班级，统计份数，列出学生名单。他还了解到，胡几何推销辅读材料有年头了，手伸得长，染指其他年级。欧阳教导形成了详细的汇报材料，提议严肃处理，并在校内通报。

匡校长约谈胡几何，内容外人不得而知，处理的事不了了之，求稳压倒一切嘛。胡几何人前人后嚷嚷，非要查出谁坏他"良心"，否则咽不下这口气。背后直指林小芳"咸吃萝卜淡操心"。

林小芳不蠢，从胡几何爱理不理、话里有话的态度觉察到异常。事情弄到这样，非她本意。她想解释，怎

么解释，解释了何用？这还不算，她不知道无意间，把
另外一个人也惹上了。

每个下课，苗珊珊的办公桌前排出一溜长队，学生
到这里背书，订正作业，闹哄哄地挤满了人，从林小芳
身边排到门外走廊。不在上课时间，苗珊珊是从不踏进
教室的。一待下课，学生前呼后拥从教室跑过来，批阅
结束跑回去，课间十分钟，减去三分钟预备铃，扣除路
上，或者还有不准时下课，就这么点时间，跑得慢的轮
不上批阅，等下个课间再来排队，折腾了三四个课间，
一不小心挨骂，发回重做。

苗珊珊骂人的分贝极高，与上课时的半死不活判若
两人。她嘴里骂人的词汇丰富，上下句衔接紧密。一个
学生挨骂，一长串学生排着队陪骂，大气不喘。林小芳
的鼓膜实在受不了，躲到隔壁办公室，大分贝依然穿墙
传过来。

苗珊珊把"课课通"当宝贝。她让学生画出她自认
为需要掌握的重点知识，反复读，反复背。什么互动，
什么讲读，什么训练，统统不需要，所有的课，简化为
读——背——默三部曲。这也叫语文课？语文课能这么
上？不可思议的是，有一班垫底，她这个班语文成绩一

直稳居中下游。

　　好个林小芳，你咸吃萝卜淡操心，我班学生跟风把"课课通"退了，叫我以后怎么上课。你标新立异可以，你特立独行可以，你一个过客，哪根筋搭错啦。

第七章　秋游南湖荡

　　十一长假过后，学校迎来了秋游。

　　与城区小学差不多，南湖小学每年安排一次春游，一次秋游，各年级游览地基本固定。

　　按惯例，六年级去南湖公园。墙里开花墙外香，南湖集红色旅游与生态旅游一体，在江浙沪一带小有名气。而本地游客更看重休闲，周末、节假日，举家去转一圈。本地孩子对南湖熟悉得如自家花园，毫无新鲜感可言。但是，学校组织的秋游活动，群体不一样，玩伴不一样，孩子还是有点小兴奋的。

　　从学校到南湖，满打满算三公里，步行半个多小时，乘车的话，三五分钟就到了。林小芳突发奇想，这么一点点路，依她小时候搞一次拉练，学生排着队，打头的扛着班旗，歌一路走一路，另有一番情调。省几十元车费，且锻炼了体能。林小芳问学生："如果老师带你们步行，是否愿意？"学生不假思索回答："愿意！"

林小芳把设想向匡校长汇报。匡校长说："秋游是集体活动，别的班都乘车，你带学生走路，你说行不行？"不待林小芳回答，匡校长又说："来回一个多小时，景区活动三个小时，你能保证每个孩子都有足够的体力，走不动怎么办，你背回来？"又说："你能保证每个孩子路上的安全，出了事谁负责？"一连串的质问，林小芳设想了几天的思路被打乱了。谨慎一些没错，也不需要如临大敌啊。她计划带孩子走村道，两边田野村庄，汽车很少，绝对安全。话说回来，绝对的事谁敢保证，乘大客车就安全吗，要走两公里苏虞张一级公路，车速快，道口多，属于事故高发地段。

匡校长说："小林，你的想法有创意。现在形势不比以前，什么都要走正规途径，旅游费中包括每人五元保险费，学生花钱买个放心，你放心我放心家长放心大家放心。"

匡校长等于在作总结了，还能说什么呢。旅游公司的大客车从市里下来，吭哧吭哧开十几公里，就等这三公里的短途驳运，极大地浪费人力物力，谁不会算这笔账？可这回，林小芳真的幼稚了，短途旅游，客车是"包日"的，与公里数无关，这种生意划算得不能再划算了。浪费？什么叫浪费，笑话。

事实上，家长也很不支持，"谁在乎省那几个钱？"

不是钱的问题呐。林小芳想说，是教育观念问题，一时半会儿，说不清楚，纵然有几个人听进去了，于事无补。

罢了，罢了。乐得省事。

秋游定在星期五，最人性、最优化的安排。学生问："林老师，要不要带书包？"答曰："想带不拦你。"孩子们欢呼雀跃。孩子似乎还不放心，两点就回校了，离放学还有两个多小时呢。林小芳说："要玩就玩个痛快，不要有负罪感。"

校长室群发通知，学校集体采购了面包、苹果、矿泉水，每个孩子一份，从食堂餐费中列支，不收费。又强调了安全教育等事项。

星期四放学前，林小芳作了简短的动员。胖胖的唐冬冬犹豫着举手，似乎有话说："林老师，这次秋游是不是只许带 20 块钱？"

"没有规定，嗯，也不要带得太多。"

"不太多是多少，50 还是 100？"

"你自家的钱，老师无权干涉。"

学生怀疑听错了，以往班主任都是这么规定的。出发点无可非议，培养孩子勤俭节约，杜绝互相攀比。有的学生偷着多带了钱，被同学举报，如干了一件见不得人的坏事，一脸沮丧。反过来呢，孩子毕竟是孩子，自控能力差，怀揣 20 元以为是富翁了，不懂得细水长流。一踏进景区，什么都好玩，什么都想买。刘翔四年级时，进门不到五分钟，看中了一把 20 元的玩具枪，眼都不眨买下。此后几个小时，看别的孩子买这买那，他艳羡得不行，终于抵不住嘴馋，把玩具枪贱价卖给觊觎已久的乔军，回来后懊恼万分，想赎回不得，双方家长都出面了，弄得老师不好处理。

这是林小芳在景区休息时，孩子七嘴八舌告诉她的。

林小芳作过统计。学生绝大部分带了 50 元，满 100 元的不超 5 人，也有只带了 20 或 30 元的。林小芳详细统计花费情况，带满 50 元的只有很少几个花光了，全班平均消费在 30 元左右。尔后，借此题材写一篇习作，林小芳让学生了解家长收入，这 30 元折合父亲或母亲几个小时劳作，结合写出感想。这是后话。

芮菲菲问："可以带手机或相机吗？"

"可以。妥善保管，防止遗失。"

这无疑是入学以来最放松最开心的一次旅游了。

一个班三位老师带班，林小芳带路，闫玲在中间，曹根生断后。所有班都是这种格局。按照常规，各班自由选择路径，沿着景区兜一小圈，大约一个小时，然后去国防园、游乐场。这个季节，孕育了大半年的芦花探头探脑，伸出半截花穗，正待蓬松开来。青翠的苇叶开始泛黄，失去了先前的光泽。暑热尚未退尽，芦苇荡在秋风中飒飒作响，摇曳着淡淡的秋意。林小芳问孩子："景色美不美？"孩子齐声喊道："美——"

"美在哪里？"孩子七嘴八舌："美在景色。""就是美么。"

"眼里所见的美是客观存在，也是你心里的感受，再好的语言都是无法描述的。"林小芳走着说着。她知道孩子此时最期待什么。"押送"式的秋游，老师吃力，孩子无趣。"圈养"变"散放"不好吗？

"就地解散！"

孩子呼啦啦冲向国防园，把老师甩在后面。

林小芳告诉孩子最后集中地点在游乐场。出发前，她让学生自由搭配分组，每组六至七人，自主推荐临时组长。六个小组两两挂钩三位老师，以组为单位自由活动，有情况随时跟带班老师联络。

林小芳选择中心位置的休息凳，坐下，看孩子们"疯"。孩子们把背包、手提袋等胡乱堆放在道边，林小芳不得不带只眼睛。

选择今天出游的学校很多，国防园叽叽喳喳，到处是欢乐的身影。南湖小学的校服是迷彩服，区分度很高。男孩都喜欢"爬山"，纵横交错的绳网，层层叠叠，渐次收缩，最高处三十多米，底部由一张硕大牢固的网兜着，安全系数没问题。几十上百个孩子，从四面八方往"山"上攀登，这是一场体力耐力胆气的挑战，越到高处人数越少，绝大多数孩子到止步于"半山腰"，或体力不支，或胆气不足。

闫玲从包里掏出袋子、盒子，摊在野餐席上，招呼林小芳，招呼周边老师。林小芳这才发现，好几个班的老师远远近近，朝向不一，都坐在附近。曹老师说："但等我们解散，其他班都解散了。”

零食很丰富，有爊鸡爪、鸭脖子、卤豆腐干，有酸话梅、山楂片、松仁，小番茄已洗净，香瓜、菠萝切成小块戳着牙签。连擦手湿巾都备着。林小芳感慨道：“一流服务！”闫玲笑道：“办公室卖报纸废纸的钱，曹老师操办的。”林小芳打趣：“既然是你们的‘公款’，我掰你们份子了。”

林小芳挑了一只瘦鸡爪，味道好，有咬劲，没多少肉才好呢。胡几何与苗珊珊凑过来，挑挑拣拣，啃鸭脖子，吃这个吃那个。真能吃！尤其这个胡老师，一个大男人有这么爱吃女人零食的么？咔嚓咔嚓，半盒香瓜风卷残云。大概他觉察到林小芳的目光：“林老师，你也吃。”自从“课课通”事件后，他第一次主动与林小芳说话。林小芳象征性戳了一小块，说不喜欢太甜的水果。

突然，苗珊珊指着高处说：“爬到顶上的好像是你班的刘翔。”她是跟闫玲在说话，举起的手里捏着鸡爪，由于咀嚼说话含混。刘翔是办公室常客，老师都熟悉。闫玲平日不戴眼镜，实际近视度不低，说：“太高了看不清。”

其实林小芳早看到了。她饶有兴味看着孩子们向

"山顶"冲击，一轮轮淘汰，人数锐减，底下跃跃欲试，要不碍于女老师身份，早就攀上去了。刘翔这小子，几十层网，一口气上去，没见他哪一处逗留过，体力远胜于一般同学。"是刘翔，我看着他一路攀上去的。"林小芳接过话茬。近来，愈发明显感觉苗珊珊的敌视，她也曾反省自己言语是否不妥，两个办公室的人，就林小芳从不参与背后议论别人，她对任何人的私生活不感兴趣，连附和都没有。

乔香玉居然也攀上去了，最后一步，刘翔伸手拉了她一把。一个平时少言寡语不爱笑的小姑娘，骨子里有着男孩的勇气，这是林小芳万万想不到的。这孩子成绩马马虎虎，就是经常迟到，不做家庭作业。她父母是收破烂的，白天各自骑着电瓶三轮走街串乡收破烂，晚上分类整理、打包，分得越细挣得越多。乔香玉放学后做家务，照顾弟妹，日子比一般孩子艰辛。林小芳借学生的望远镜看去，高处两个孩子扶着立柱，似乎在摆拍，秋阳映照，一脸灿烂。正是这短暂的放松，让他们忘却了不快，回归本真。

孩子发现老师坐在这里，纷纷脱下校服，堆在老师身边。唐冬冬穿着短袖一摇一摆过来，胖乎乎的脸上淌着汗，嗍着雪糕，把另一支雪糕塞到林小芳手里："老师，你吃。"这孩子有点懒，老是拖拉作业，有点怕林小芳。林小芳笑着："冬冬，也懂得行贿老师了？"唐冬冬摇摇头，可能没听懂老师的玩笑，态度诚恳，一定要林小芳接。林小芳接过："多少钱买的，就当老师差你买的。"边上的孩子说："三块。"唐冬冬转身跑了。

成人区域有几处大型活动器具，类似于特种兵训练设施，很刺激，孩子大多玩不了。秋千桥可以玩，难度与刺激程度对大孩子正合适。一条不大的人工河，两岸架一座由二十来个独立的秋千组成的桥，两两间距半米左右。秋千板不长，仅容一个成人的身体，也很窄，不过半脚宽。孩子观望的多，大胆尝试的少。你看刘翔，踏上第一块秋千，借着晃荡，一脚踩住第二块秋千，双手交替迅速移步过去。他的手、脚、身体配合默契，重心把握恰到好处，不一会儿走到这边。似乎不过瘾，从这边返回，越走越快。

孩子们蠢蠢欲动，却都不敢动。

大概受了太多的怂恿，荣昊天踏上去了。别看他平时天不怕地不怕，骨子里胆子不够大。晃动间不敢移步，抓着绳子使劲叫唤。岸上同学探身扶住，帮他退回起点。

一阵哄闹，芮菲菲踏上了秋千桥。第一步还算顺利，第二步颇费周折，两脚骑跨着两个秋千，不敢收脚往前，发出尖利的叫声。稳了一下，终于走上第二个秋千。芮菲菲走得很慢，眼看着走到中央位置，乔军从这边逆向过去。芮菲菲又叫又闹，喝令乔军让道。两岸的同学一齐起哄，乔军更嘚瑟了，一个劲儿往前走。两个孩子在桥中央"相会"，正确的避让方式是，两人稍微偏转身子，同时踩向对方落脚的板子，拉住对方绳子，同时重心前移，同时收脚，完成过渡。就在林小芳起身呼叫的瞬间，乔军仗着手脚灵活，没等芮菲菲重心落到前面，兀自收起脚前行。也不知是芮菲菲没抓紧绳子，还是脚没踩实，惊叫着掉落河中。好在河水不过半米，桥面与河面落差也很小，不至于造成伤害。芮菲菲哭着被同学拉上岸，上衣无恙，裤子湿透了，还沾了泥巴。女同学围攻乔军，把他骂得狗血喷头。

荣昊天哭哭啼啼跑过来，说遭人欺负了。林小芳正为乔军的事恼着，没好气说："你准是先惹了别人。"一起跟过来的两个同学抢着告诉老师，说荣昊天根本没惹事，确实是别人不对。"让他自己说！"林小芳道。荣昊天哭着喘着，话都说不连贯。看来是遭受极大的委屈了。两

无穷花开

WU QIONG HUA KAI

个男孩陈述事情大致经过：适才，荣昊天拿着百元大钞去小店买雪糕，手里捏着一把找头正待离开，被三个大学生挡住，要他请客。荣昊天自然不答应，想跑。三个人三面夹攻，又是威胁又是拉扯。他不得已拿出十元钱。三人嫌少，又从他手里抢走了十元。

"哪来的大学生？"

顺着孩子手指的方向，不远处，三个毛头小子，举着雪糕，放肆地啃着笑着。林小芳领着学生跑过来，大孩子们根本不把她当回事，目光一瞟透出挑衅，一副无所谓的神情。唇边毛茸茸的，都在十七八岁光景，是这样的"大学生"。他们穿着款式罕见的校服，校服上没有字，是哪所高中的？不像，估计是职教班的学生。

"你们三个，抢了我学生二十元钱。"林小芳一字一顿："是不是？"声色俱厉。

三个毛头小子，歪头看着林小芳，神色有些紧张。

"拿出来！"林小芳摊开手。

其中一个说："是他自愿给我们的。"

"一派胡言！"林小芳问荣昊天："是你自愿的？"

荣昊天摇头，抿着嘴，紧张地躲在林小芳身边。

"钱呢？"

"吃了。"

"吃了也给我吐出来！"孩子从没见过林老师发过这么大的火："恃强凌弱，以多欺少，还狡辩。说，哪个学校的，老师怎么教育你们的？"

三人想开溜，林小芳疾步拦住："走了就没事了？游客中心都有登记，明天我到学校找你们。"

其中一个把二十元钱扔在地上。林小芳喝道："有这么还钱的？"那位乖乖把钱捡起来，递与荣昊天。

林小芳对荣昊天说："明年春游，别人随便带多少，就你只许带二十元，多带没收。"

第八章　集体家访日

　　第一次家访以后，林小芳与桂花协商，暂时给刘翔网开一面，课堂作业完成有困难，准许抄袭，但只能选择抄两题，一个月后减少一题。家庭作业暂时减半。林小芳给了他几步台阶，逐渐减少减量，到期末结束，与普通同学一视同仁。

　　林小芳在课堂上公开这项优惠政策，说如果有哪位也想享受照顾，可以申请。学生面面相觑，没有一个举手。林小芳跟唐冬冬打趣："机不可失时不再来，你符合申请条件。"唐冬冬头摇得如拨浪鼓，肉嘟嘟的脸都抖动了。林小芳说："我知道一个人彻底告别懒惰，需待时日，不过我对你有信心，因为我看到了你的自信。"此后，唐冬冬偶然还拖拉作业，但次数慢慢减少了。

秋游以后，荣昊天课堂守纪有所好转，作业还是不肯做。"老师不是神仙，教育是允许失败的！"微信圈时有类似转发。说这话的人，不是老师，就是对老师有所怜惜的明白人，"只有不会教的老师，没有教不好的学生。"给你一个荣昊天，你来试试看。

这么多年来，荣昊天三天打鱼两天晒网，正儿八经在教室里待的时间不足三分之一，落下太多了，让他赶上来几无可能。但是，多少学一点，能学多少就学多少，至少不要做个睁眼瞎，至少不要上课乱动，下课乱跑，影响同学学习。

"还想改造他？你问问匡校长，他都没招。"

从低年级开始，荣昊天很少有规规矩矩坐在课桌上的时候。每到上课，老师让他站在门角落。他还不安分，老师干脆让他站在门口，背着书包，连门都不许进。他一早由奶奶送到学校，站半天，吃午饭，再站半天，跟同学一起放学。他唯一的学习任务就是罚站，连小学科老师都不让他进教室。

课间脱离老师监管，一不留神给他跑了，好在有门卫把控，老师不着急找他。他乐得自由，整日在校园游荡。有一次，匡校长巡视校园，发现坐在荷花池凉亭中的荣昊天，询问一番，把他送回教室。他一进教室，整个班就没法继续上课了，于是，老师又把他赶出去。匡校长在活动区域再次发现他，他躺在跳高垫子上睡大觉。匡校长在教师大会上，不点名狠刮这个班的班主任。那时，林小芳的前任尹曼玉二胎产假结束，被骂得脸面全无，死的心都有了。

胡几何等几个给尹曼玉出主意，如此这般教诲。次日一早，尹曼玉整理一番情绪，踏进校长室，未曾开口，梨花带雨。匡校长束手无策，赶忙好言相劝。"校长呐，你不知道荣昊天多难管。"尹曼玉鼻子连带肩头抽泣着："我心里难过，一夜没睡。我不是不负责任，实在是无能为力，请您指点迷津……"匡校长说："言重了，指点迷津谈不上，我们一起想办法。"

匡校长向尹曼玉表达歉意，说对事不对人。尹曼玉情绪稳定了许多："一介女老师，人微言轻。不像校长你有气场，走到哪里，对学生都有威慑力，何况，你有丰富的经验。"尹曼玉几句好话，说得匡校长心花怒放："我就不信，还有我管不了的孩子！"只差拍胸脯了。

此后，荣昊天一惹事，尹曼玉第一时间把他领到校长室。开始，还能耐心说个前因后果，静候校长出高招。次数多了，二话不说，干脆扔下孩子就走，随匡校长怎么处置。后来，只待孩子上学，管他有没有惹事，把他支走。到五年级，孩子或者赖学在家，或者直接上校长室，校长室变成孩子的教室了。

大概匡校长也拿他没辙，天天遮在眼前心烦，把他安排到隔壁小会议室。给他看少儿书刊，看连环画，由着他睡大觉，只要不出乱子，谢天谢地。

南湖小学房子紧张，这个小会议室兼少先队队室和播音操控室。荣昊天来了以后，小事不断。他把柜子里的一次性纸杯统统拿出来，从三楼到底楼，每个楼梯台阶两边放两个，像列队的士兵。他把箱子里的一次性垃圾袋拆开，铺在楼梯上，从三楼铺到底楼……

接下来发生的事让匡校长哭笑不得。学校每天放一次课间操，两次眼保健操，体育老师提前几分钟候在这里定时播放，结束关闭设备，给弱电箱上锁。一把锁肯定有三把以上钥匙，由于失管，仅剩下最后一把。学校有时发布通知，开集体晨会，校长室、德育处也要用上播音设备，所以，仅有的一把钥匙就挂在电箱边。忽一日，这把仅有的钥匙也了无踪迹。这如何是好呢？放不了操，播送不了通知，什么都乱了。荣昊天自然是第一怀疑对象。匡校长找他，他拒不承认。翻他书包，抄他衣兜均无发现。匡校长把他交给了凶神恶煞的体育老师，体育老师软硬兼施，依然奈何不了他。后来，联系他的家长，晓以利害，奶奶在他床头铁皮盒子中找出了这把钥匙。

此后，匡校长再不许他踏进行政楼。多次动员家长，给孩子申请休学。

闫玲私下告诉林小芳，尹曼玉曾给了荣昊天三个词语的评价：病入膏肓、积重难返、不可救药。还说，一半名声坏在他身上。

拿这些词给学生定性，不是失望这么简单了。一个班四五十学生，老师不是平均分配精力的，那些品学兼优的学生老师几乎不需要操心，倒是问题孩子弄得老师精力交瘁，又不能触碰高压线，这年头，老师弱势得一塌糊涂。

问题孩子的背后，都有一个问题家庭，林小芳决定家访荣昊天。

闫玲善意劝导："他奶奶天天送学，你等在门口，或者我把她叫到办公室面谈。"曹老师也说："过去信息不畅，正儿八经搞家访，现在么，一个电话的事，我们学校电话、短信也算家访。"

闫玲出于好心，林小芳明白。要不是林小芳来，这个班主任闫玲十有八九罩不掉，某种程度上，林小芳帮了她，她心存感激。

也正凑巧，期中前后，学校计划组织一次集体家访，德育处下发了《家访反馈表》。每班三人一组，访两户，日子定在星期五。

林小芳不需要伤脑细胞。荣昊天家本就想去。还有一个乔香玉，阳光照不到脸上，一直心事重重的样子，不是这个年龄该有的表现，林小芳隐隐担忧。

林小芳征求两位老师意见。闫玲说："我无所谓，你定谁家就谁家。"曹老师有些打哈哈："怎么定这两家？"林小芳简要陈述理由。曹老师意味深长笑笑，表示支持。

课间回办公室，林小芳听到同事在说家访，似乎跟她有些关系。胡几何说："又不是扶贫，居然选择那种人家，搭错点啥了。"苗珊珊也附和："跟她家访倒霉，没人留晚饭，她请闫老师曹老师到城里吃大饭店。"看到林小芳进来，两位立马停嘴，扯到别处。林小芳觉察到卢向红瞥过来一眼，那一眼有意思。卢向红跟顾斌都工作不到三年，一天到晚低头做事，基本不开口，不参与是非。

为了家访，林小芳特意驾了汽车，Jeep自由侠小型越野车，红色车身，轮廓粗犷，不乏豪放。两位坐她车，一路拉拉扯扯，扯到以前。以前家访对象都是尹曼玉定的，非富即贵，比如上学期是芮菲菲和谢婷婷。曹老师说："芮菲菲父亲喜欢摆架子，外人以为不好打交道，其实他是极要面子的人，对我们很热情，没说几句话就给饭店打电话订桌。谢婷婷家镇上开饭店，早布好了冷盆，她母亲忙不迭招呼，诚心留我们吃饭，还说请都请不到呢。"闫玲也说："其他老师的家访对象都是精心挑选的，基本上都留了晚饭。也有像今天这种对象，坐没坐处，水没给一口，家长一个劲给学校提意见，唉，惨死了。"又补充道，"胡老师说的话有道理，家长留你吃晚饭，说明你在家长心目中有地位，是值得自豪的。"

乔香玉家在僻静的老村庄，租住三间破平房，场院、走廊、屋子里堆满废品，散发着怪异的气味。一位矮小苍老的男人抡着大锤砸一件油污的什物，大概是工厂车间墙上的换气扇。男人停下活，借喘气的当口问："是不是我家孩子惹事了？"林小芳解释："我们是例行家访，实地了解家庭情况。"男人理解歪了："破烂有什么好看的，孩子在屋里。"缓过气，又继续抡大锤。

西屋靠后窗，一条由砖头架起的木板，凳子是一张破旧的三人沙发，估计是他父亲收回来，或者是捡回来的。乔香玉伏在木板上做作业，一个三四岁的男孩，拖着鼻涕蹲在她身边沙发上，好奇地看着林小芳几个。山墙边摆着液化气灶台，几张乱七八糟的凳子，一张折叠小方桌，桌上一个电饭煲，几只脏兮兮的碗，残留的剩菜，半碗冷粥，桌边一堆酒瓶子。林小芳问："怎么不烧晚饭？""妈妈还没收工，她带菜回来。"乔香玉补充说："每天至少七八点才能吃到晚饭。"

乔香玉欲言又止，大概想叫老师坐。这得从一堆垃圾上爬过去。林小芳本能地朝屋顶张望，黑不溜秋的梁上，吊着一盏如今罕见的白炽灯，灯绳和开关拉线上挂着蜘蛛网。

三人退到场院。蹲在地上抽烟的男人起身给曹老师递烟，曹老师摇手谢绝。林小芳说："孩子学业还可以，就是经常迟到，尽量让她少干些家务，还有……"男人说："我不识字，她妈也不识字，指望她好好读书嘛，把她弄进公办学校……"男人方言浓重，听着吃力，跟他交谈也吃力。林小芳说:"孩子不爱说话,不与同学交往,看上去有些自闭,作为家长多与孩子交流。"男人说:"她是不爱说话,我们一家都不爱说话。"

闫玲和曹老师朝林小芳笑笑,这样的谈话无法继续进行,林小芳也苦笑。

荣昊天的家庭情况,林小芳有所耳闻,从他奶奶嘴里说出来,叙事带着明显的情感趋向。老妇六十岁左右,健硕而健谈。她骂前儿媳妇,骂自己儿子,话里有话埋怨以前的老师尹曼玉。

荣昊天还没上幼儿园,父母就离婚了。母亲很快重新嫁人,与这家彻底断绝了往来。孩子被判给父亲,父亲整日不着家,对孩子从未操过心,唯一教育孩子的方式就是打骂。

"我前世作了什么孽啊,下棺材了还不安生。"老妇话题转到孙子:"昊昊也作孽,圆头白脸,要模样有模样,聪明着呢!从小没了娘,一个老太婆,吃穿用度都没亏待他,谁知道变成这样,一个好端端的孩子废了。"

关怀的缺失,过分的溺爱放纵,管教不力,纠正不及时……这孩子的问题显然不在智力,林小芳琢磨过,非智力因素三个层次都有问题:这个年龄制约学习活动的理想信念应该基本建立，他不懂；直接影响学习的个性心理，兴趣、意志、情绪、性格等都有严重缺陷；自制力更别说了，尚不如一个幼儿，荣誉感偏离正常认知，别人笑话他，他还洋洋自得。

"给他气死了。老师，你们说还有什么办法。"

林小芳说："可以试试，看你是否下得了狠心。每天回家，强迫他坐在凳子上，只许看书，不许看电视、玩手机，不许离开凳子玩。"

老妇连连说不行，孩子肯定跟她打架。这在林小芳预料中。有人说，没有惩罚的教育是失败的教育，也有人说，惩罚性教育不是真正的教育。家长还可以适度惩罚，老师弄得灰溜溜的，不要说惩罚学生，批评得重一点都不行。这年头，家长都比老师懂道理，老师不去蹚这个雷。

曹根生收到胡几何语音微信，他班上家长很客气，晚饭安排在谢婷婷家饭店，邀请曹老师参加。"蹭吃蹭喝？"林小芳低语。曹老师哈哈笑："资源共享，别的办公室一样。"

胡几何确有预见，早有预见。曹老师送个顺水人情："你们，一起去？"林小芳说："算了，他请你一个人。"

　　这次家访颗粒无收，林小芳陷入纠结，究竟该怎么办？听说学校有个心理咨询室，领着乔香玉去接受辅导。荣昊天呢，上学期后半程劝退在家，这学期开学又送来了，报名时林小芳不知情。知情又能咋样，不给他报名？不久前看过一则报道，南方某中学，家长联名申请要求劝退一个捣蛋学生，否则集体要求转学。报道引发了一场大讨论：这个班恰好 50 人，在 1 比 49 之间，孰重孰轻，舆论呈一边倒。闹腾几日，有专家学者站出来说话，教育不是数学题，每个学生都代表 1，没有哪个 1 比另一个 1 更大。结果不了了之，讨论偃旗息鼓。

　　如果那个捣蛋学生在自己子女班上，作为家长的林小芳怎么主张？与作为老师的林小芳势必陷入两难。

　　林小芳宁可怀疑这是一起假新闻。

第九章　谢谢你为我找事干

星期一一早，有个时髦女子在办公室门口等林小芳，自我介绍是芮菲菲母亲。

菲菲母亲递给林小芳一个手机。那是一款最新的苹果6plus，经典的土豪金，市面价近七千元。林小芳细看，手机屏幕不正常，中间有一截阴影。

菲菲母亲告诉林小芳，这个手机本来是她的，菲菲喜欢，拿自己的苹果6S跟母亲互换了。

"这么大孩子，拥有自己的手机了？而且那么高档？"林小芳本想说"奢侈"的。

"这算什么，穷养儿子富养囡。"菲菲母亲继续说：

"那天秋游，菲菲从秋千桥跌落河中，插在裤兜里的手机进了水，当时自动关机，她以为没电了，回来后充了电，还是开不出。这孩子懂一点知识，拿电吹风吹干手机，终于能开出来了，成了这个样子。孩子不敢告诉我，怕被我骂。"

林小芳终于知道她想说什么了。

"如果孩子自己失足落水，我屁都不放一个。问题是，她被乔军挤到河里的，手机损坏与乔军有直接关系。林老师，我说的对不对？"

"你的意思……"

"我的意思明摆着，要不让乔军吃进，给我家买个新手机。"

手机的价格不是小数目。林小芳说，这得与乔军家长沟通。

"没空，上班呢。"乔军母亲一听事由，硬邦邦地推脱。

林小芳表示，可以放学后等她，对方期期艾艾，答应下班后过来。

第一、到底是不是我家乔军把她推下去的，谁作证？

第二、当时手机有没有进水，谁作证？

第三、手机究竟是怎么坏的？

第四、为什么隔了一个星期多才发现坏了？

乔军母亲一连吐出四个问号，怒气写在脸上。第一问，林小芳说我作证，不是推，是挤，芮菲菲落水，乔军逃脱不了责任。第二问，林小芳白天找学生了解过，好几个人都看见芮菲菲从裤兜掏出手机，向同学要纸巾擦干。第三问，明天你跟芮菲菲母亲一起到手机店鉴定。第四问，她觉得芮菲菲母亲的解释合情合理，闯了祸，能瞒则瞒，孩子都这样。

经鉴定，是主板上一个集成块烧坏了，修理工指着主板上的水渍说，明显进过水。还说，更换主板起码需要两千元，全进口零件，贵得很。

第一、谁允许小学生带手机的，中学生都不许带手机，如果她戴的是钻戒，害得我家赔个倾家荡产不成？

第二、我承认我家孩子调皮，但不是故意的。

第三、我们两口子都是打工族，一个月加起来不够一个手机钱，没钱赔。

第四、她们家是老板，不在乎这点钱。

又是一二三四，满口强词夺理，林小芳刹那间明白了，她所以有那样一个儿子，她的儿子为什么那样。

菲菲母亲不依了："你说句软话，让孩子道个歉，赔钱的事可以商量。就你这态度，对不起！"

"赔钱找乔军去，剥他的皮，割他的肉，随你！"

"你是孩子的法定监护人，有责任有义务承当孩子的过错。作为长辈，你想为孩子树立什么榜样？你应该领着孩子，把钱交给对方，让他知道犯了错是要付出代价的，而不是一味地为他推卸责任。"林小芳转向菲菲母亲："菲菲也有过错，不能都怪乔军，至于修理费么，一人一半，你看？"

菲菲母亲表示首肯。

乔军母亲说："我只愿意出五百。风里来雨里去，起早贪黑一个月才挣多少，只有五百，要就要，不要拉倒！"

当是做生意呢，还讨价还价？林小芳心里的火，几次升到喉咙口，又咽下去。她口袋里没那么多现钱，从手机银行转账给菲菲母亲一千元。

菲菲母亲说："道理不对，你的钱不收。"

林小芳说："我先帮她垫支，至于她还不还我，是她的事。"又说："有钱的人家更要注重培养孩子节俭，俗话说'穷养儿子富养囡',意思男孩要勤奋、自立,女孩要矜持、优雅,不是拿钱让孩子去攀比,去挥霍。当然,不管你是否听得进,作为老师,我还是要说,否则失职。"

林小芳刚刚喘口气,班里又出事了。

一个课间,几个男孩大呼小叫跑到办公室门口,七嘴八舌告诉林小芳,老师快去看,教室门被砸坏了!

"谁砸的?"

"乔军。"

又是乔军!

学生蜂拥在后门口,因为在下课时段,隔壁班、其他班的学生也聚了不少。后门正面一人高的地方,被砸出拳头大的洞。乔军已经回到座位,呆坐着,脸色发青,眼神散乱。

"怎么回事?"林小芳厉声问。

"是他,他把门推住。"乔军指着荣昊天:"不让我进来。"

"不让进就砸门,鬼子进村?"

乔军咬着嘴唇不语,目光凶巴巴地扭过头。

"拿什么砸的?"

"他用拳头砸的！"刘翔嚷嚷，做了个拳击手势，嘴里"哈哈"有声。林小芳狠狠剜了他一眼："你瞎凑什么热闹！"

用拳头？上课铃响了，学生散去。林小芳仔细查看破损处，大小形状与拳头击打相符。这么不堪一击，一个男孩的拳头都禁不住？什么门呐，板子薄得根本不能称之为木板，再细看，填充物是蜂窝状的瓦楞纸。

林小芳脑子急速转动着，该如何处置。上网查，这种门叫隔音门，基础材料是合成板，属于一体成型的，估计学校里的木工维修不了。

林小芳向总务处主任汇报。主任反背着手看了一眼，说："一个字——赔！"赔多少呢？主任让会计查阅账本，反馈过来一条信息："隔音门，单价1800元。"

"乔军，谢谢你一直为我找事干！"

乔军凶狠的眼神，让林小芳不寒而栗。

乔军母亲又一次被请到办公室。林小芳垫付的一千元刚刚还上，又惹事，又要赔钱了。"败家子！"她愤懑而无奈，骂骂咧咧，当着林小芳面，恨不得扇儿子。终究是雷声大雨点小，连手指头都没戳到儿子身上。

"荣昊天捉弄他，顶住门不让进教室，他不得已才拍门的。"

"拍"和"砸"一字之差，力度与用力方式大不一样。乔军母亲避重就轻，看来，在家里备过课了。

"我孩子没练过中国功夫，狗屎拳头一个。你们学校的门这么不结实？"她似乎发现说漏了嘴。就算拳头砸坏的，也不影响门质量的界定。林小芳把总务主任的信息转发她，告知该负一半以上责任，至于怎么分摊，两家协商。

说话间，荣昊天奶奶也到了。老妇说话如扫机关枪："一个老太婆，哪来钱赔？不要说一千八，一块八都没有！又不是我孙子敲坏的，关我屁事。怪我孙子关门，你就有理由砸门啦。银行也关门了，金店也关门了，去砸啊！"

乔军母亲眨巴着眼，不敢回话，不敢与老妇正面冲突。

老妇拉着孙子扬长而去，回头白了一眼。

匡校长叫林小芳去一趟校长室。

林小芳起初以为，是她处理不力，没及时让家长赔偿，挽救学校财产损失。一踏进门，就做自我检讨。

匡校长不耐烦地打断她的话："为什么不在第一时间

向我汇报？你有什么资格私自到会计室查账？”

一连两个反问把林小芳问懵了。她平静片刻，详细陈述事情经过。

匡校长又一次打断她的话，划拉手机，给她看几个截屏。是她班上家长微信群，林小芳早知道这个群的存在。乔军母亲在群里吐苦水，说最近心情糟透了，孩子老是惹事，还贴出一张门洞的特写照片。有意思的是，家长们不问事由，却把注意点放在门上，有吐槽门的质量，有质疑门的价格，也有竭力怂恿把照片晒到网上，让网民评说……

“我们学校做工程都有招标书的，经得起检查。这帮家长唯恐天下不乱，弄事体，瞎起哄，损害学校声誉。发生在你班上的家长群，你居然不知道，不制止，政治敏感度太低了。算了，这事你不要管了，我来处理。你呀……”

一声“你呀”，耐人寻味。

听说，后来匡校长亲自调查这件事。事实上事情没那么简单，乔军哪里用的是拳头？是用砖块砸的。乔军威胁同学不许说出来，孩子们平日里都惧怕乔军，都不敢站出来作证，后来见事情闹大，更不敢说了。因为这事牵涉到荣昊天，还是在家人逼问下，他才壮着胆子说出来。

经过核实，匡校长又找双方家长谈话。家长不再撒横，愿意赔偿。厂里说隔音门就是这材质，同意更换新门，适当收一点修理费。学校也是象征性收了家长一点点赔偿金。

钱不多，要让孩子买个教训，知道做出格的事是要付出代价的。

第十章　语文活动课

　　班上接二连三出事，林小芳被折腾得心力交瘁，不是失眠，就是早醒。这天，林小芳醒来，一看手机才五点，回笼觉不可能了，不如起个早。

　　这一阵下班不准时，为了节省时间，上下班驾车，单车坐垫积了薄薄的尘埃。林小芳把单车骑到南湖，跑完八公里环湖步道，前后用了一个小时。下过几场雨后，野外的风带着明显的凉意。望着空灵的湖水，听着鸟啾虫鸣，她的心情平复了许多。

　　在南湖镇老街上吃了炒浇面，到学校才六点半。教室里日光灯亮堂，几个早到的孩子正吃早点、打闹。学校不允许孩子到校太早，这几位，家长都签了免责承诺书。

林小芳踱步校园，沿着围墙徐行。一晃两个月了，她对这里还很陌生，若非刻意，这些旮旮旯旯压根走不到。独处时候，诸多不快从意识中跳出来，挡都挡不住。心境如一把乱麻，她需要理出一个头绪。丈夫说她"自讨苦吃""活该"，她不敢把委屈诉诸丈夫，也不想与过去的同事交流。同事还是觉察到异样，问她"好久没联系了""怎么不见你微信分享""是不是把我们忘了"，她简单回应"忙"。

她不知不觉走到河边。学校依河而建，把一段河浜圈在校园内。沿河是开放式的，没砌筑高大的围墙，河坡上等距离栽种了数十棵柳树。滨河绿带离教学楼远，众所周知的原因，学生不允许靠近。近年，政府加大治污力度，多次清淤，河水还算清澈，水面上睡莲、荷叶、菖蒲错落而茂盛。

林小芳在河边发现一丛灌木，一人高的样子，枝条缀着粉红色的花，大如茶盏。这不是木槿花么？淡淡的香气，分明就是孩提时的味道。

林小芳是在乡下长大的。她家场院东南角有一眼古井，井台外一圈木槿绿篱，天天井水滋润，木槿繁茂而高大，粉红色的花从立夏开到霜降。小时候的她，顽劣如男孩，天天吵得满头大汗。隔几天，奶奶拉着她洗头，井台边石板上放半盆水，奶奶探过水温，顺手摘一把木槿叶，泡在盆里。奶奶说，老辈传下的经验，这树叶啊，是天然肥皂，去污，清香，不伤头发。奶奶执意认为，林小芳日后有一头美发，是她和木槿的功劳。

林小芳的QQ和微信名都是"木槿花语"，冥冥之中，蕴含怀乡情结。这丛木槿野生的，不像是人工栽培的，估计飞鸟衔来蒴果而萌生。木槿扦插易活，春季最佳，秋季稍逊。林小芳突然冒出一个主意，她正为语文活动课伤神呢。何不把语文活动课、校本课、综合实践课整合在一起，上一堂大综合课呢。

孩子们反应强烈，什么都比坐在课堂埋头作业好玩。林小芳预先作了分工，哪几位带剪刀或镰刀，哪几位带铁锹或锄头，哪几位带水桶水勺，哪几位带打包带或绳子……她说，书上认识农具十次，不如实地使用农具一次。

她把一个班队伍拉到河边，为安全起见，画出警戒线，约法三章。孩子觉得好玩，他们眼里，所有简单劳动都是有趣的游戏。

把木槿枝条剪下，用锄头在地上挖出一条20厘米深10厘米宽的沟垄，插上枝条，把捣细的土壅住根部，踩实，浇水。扦插步骤大致这些，林小芳一一示范，讲解要领。比如，枝条长短一致，给人整齐的美感；沟垄笔直，歪斜了不好看；土坷垃捣碎捣细，使之易活；枝条与枝条间距完全一样，疏密得当；最后还要用绳子把所有枝条编织起来，抗风，稳固。每一个要领，让学生转述一遍，鼓励加入自己的理解，"这也是语文。"她说。她以语文为载体，把技术辅导、审美熏陶、劳动教学、情操陶冶等诸多从语文衍生的素养，一网打尽。

那丛木槿不甚繁茂，留着几枝开花的，剪下的枝条拢共栽了不到二十米长。她设想等来年长高了再剪下扦插，向东延伸。

后来写作文，造句写话，学生多次写到这次活动课。

这节课一直延续到放学前，实际使用了两节课的时间，林小芳把语文课和校本课合并成一节长课。她问孩子："累不累？"

"不累——"孩子们异口同声。

进办公室，胡几何迎头一句话："你带学生到哪里去了？你不愿帮忙，直说。"

　　林小芳想起来了。

　　前一星期，学校组织整班性写字比赛，以年级为单位，一二三等奖各一名，六年级第一名将代表学校参加市里选拔赛。林小芳花了一个小时，把书写内容在方格纸上范写一遍，指导学生照着投影练习，再写到正式比赛用纸。尽管如此，依然名落孙山。这个班整体写字太差了，毕竟，冰冻三尺非一日之寒。

　　一等奖无疑是凌霏的班。十个指头有长短，整体好，不等于没有短板。选拔赛是现场赛，上边派员监写。届时向各班"借"几个写字最好的学生，谢婷婷和乔军在列。凌霏不便直说，年级组长胡几何出面张罗。"不是造假吗，哪能这么干？"林小芳颇为诧异。胡几何说："干吗大惊小怪，又不是为了私利，为集体的荣誉，同事间互相关照是应该的。再说了，哪个学校不是明修栈道暗度陈仓。"

　　这让林小芳很为难。不答应吧，同事面上交代不过，答应吧，又不甘心。她虚与委蛇，没说答应，也没回绝。

　　胡几何告诉林小芳，监考官一到学校，拿了书写纸就往教室走。他接到凌霏短信，直冲教室，一路几个班招呼学生，望见考官已经出行政楼上天桥，本来想临时让自己班上学生替补，无奈时间太仓促。也就是说，计划让谢婷婷和乔军替换的两个孩子，最终留在书写现场。这场狸猫换太子的游戏最终没得逞。

"有时候，一两个人相差不起。"胡几何感慨道，似乎没有责备的意思。如果凌霏班与大奖擦肩而过，出不了线参加大市竞赛，不管是否因为相差不起的一两个人，林小芳也推卸不了责任。

反过来说，六（1）班写字是差，让我踢去最差的10个，换10个进来，说不准也能得奖，这样大刀阔斧地优化，换谁班都能得奖，一等奖难说，二等奖无疑。

有些话只能自己对自己说。林小芳越来越感到与周边的隔阂，是学校与学校之间的差异，姑且称之为文化差异呢，还是她自己本身有问题。

要不要跟凌霏解释，她让闫玲出主意。这两个办公室，能说上话的只有闫玲，差不多把她当成闺蜜了。闫玲说："我也反对弄虚作假，胡几何喜欢来事，这不可能是凌霏的主意。她作为一个校级领导，这点底线还是有的。"又说："通过这一阵接触，我觉得你纯净得清澈见底，老师本该这么个样子的，可是……"

第十一章　100 分的语文卷

期中到了。

现在大规模的期中考试不允许，提倡调研，一个年级抽一门学科，学校强调是调研不是考试，但老师们依然习惯称考试。

轮不到抽考的学科，老师照常考。动静弄得小一些，年级组统一时间，自监自批。这半个学期，乱七八糟的事牵制了大半精力。林小芳停课三日，略作针对性复习。她需要鼓励士气，让学生有成就感。

考试时间只有 80 分钟。林小芳最担心的还是刘翔和唐冬冬。刘翔太淡定，唐冬冬一根筋，卡在一道题上不往下做。每次单元测试，林小芳都不厌其烦，学习习惯比学习成绩更重要，学会考试也是养成良好学习习惯。她有目的地巡视，不断催促、提醒，总算在铃声响起前，唐冬冬写完最后一个句号，而刘翔，依然她给延时十分钟，尽管比先前已大有进步。

六年级语文试卷的出题方式向中考高考靠拢，有一定量的标准化试题，阅读理解占比提高，语言综合运用的考题、课外知识占一定比例。一句话，课内机械知识少之又少，当然，没有扎实的课内知识垫底，什么类型的题目都吃力。

林小芳批阅试卷有个习惯，只打叉不打勾，错处一目了然。卷面清清爽爽，赏心悦目。如果整张试卷没有一处红笔符号，就像没有批阅过，那肯定是满分试卷。这次就批到了一张。

从第一题开始，到短文一，正面没扣分，翻过来，短文二，又没扣分。批卷就是找茬，找出扣分点。奇了怪了，怎么扣不掉分数呢？她把试卷翻过来，以挑剔的目光，从头开始一字一句重新审阅。结果很"失望"。她这才想起看姓名。

谢婷婷！

林小芳批卷的专注程度无以言喻，全身所有感官呈关闭状，只有视觉神经高速运行，每次批完试卷，头晕目眩。她只看答题，往往忽视姓名。

啧，啧，字迹规整，卷面整洁，说艺术品不为过。阅读理解题，逻辑清晰，阐述到位，句子组织规范。

短文一，选自课文《牛郎织女》。由于是非经典段落，基本上是教学盲区，与课外选文差不多。其中第一题是概括："用一句话说说这段文字主要讲了什么。"小学语文最常见的题型。林小芳期望中的答案是："老牛临死前嘱咐牛郎在它死后剥下它的皮。"其中两个关键词"死""嘱咐"，也是 2 个分值对应的得分点。半数答题符合要求，十来人中间用了逗号："老牛死了，老牛要求牛郎剥下它的皮。""一句"概念模糊，以句号为准，中间有逗号不算错。有几位偏差，只写到一个关键词，得 1 分。只有刘翔答"老牛快死了"，判全错。

谢婷婷答："老牛弥留之际吩咐牛郎日后剥下它的皮以备不时之需。"

"弥留之际""日后""以备"用词精准，"不时之需"简直是神来之笔！林小芳业余写作，这词在她储备之外。大凡长句，没有一定的功力是驾驭不了的，这句，无懈可击。

继续批阅作文，谢婷婷作文自然不会差。林小芳审慎捏着红笔，作文总是要扣分的，这是行规，作文怎么可以不扣分呢。可是，数学有满分，英语有满分，语文凭什么不能满分呢？对，这就是一张100分的语文卷。

试卷讲评，学生最关心自己成绩，林小芳先报了成绩，报分数而非等第。都是良好，75分与89.5一样吗，有什么躲躲闪闪的。学生少有的安静。报完，学生都觉得奇怪，怎么没有谢婷婷？林小芳问谢婷婷："你觉得考得如何？"她一脸惊愕："嗯……还可以吧。"

"不是还可以，是非常可以！你们猜，她考了多少分？"

学生猜98，最多99分。

林小芳摇头。

"100分？语文能考100分？"

"为什么不能得100分？前面部分全对，作文已经达到甚至远远超过六年级写作要求。"

"哇……"

"'老牛弥留之际吩咐牛郎日后剥下它的皮以备不时之需。'全班还有谁能答得如此精彩？"林小芳让学生传阅那张试卷，如果发现有一个错别字，一处用错的标点，奖励一本作文簿。

"你曾经在六年级上学期，语文期中考试得了100分，值得记住一辈子。能把一张语文卷做到这个程度，不是水平，而是极度的细致，是优秀的学习品质。用一句时髦的话，叫作工匠精神！"林小芳转而鼓励学生："以后，哪位基础与阅读部分不扣分，只要作文过得去，我都成全你满分！"

估计放学后学生跟家长的第一句话就是："谢婷婷语文考了100分。"

谢婷婷母亲微她："语文怎么可以得100分？"

"是不是一定要我扣她几分？"林小芳回。

"……"

"作文怎么可以不扣分？"家长群反应强烈。言外之意，乱批试卷是对学生不负责任。

"高考都有满分作文，小学作文为什么不可以？"林小芳答，随手把试卷发到群里。

家长宁静片刻，说别的去了。

第二天中午，林小芳一张张翻阅回收的试卷，逐题统计分析。全班40人，参加考试39人，优秀11人，多数人刚过 90 分，含金量不怎么高。欣喜的是消灭了不及格，刘翔考了 62 分，比第一单元提高了 17 分。从 85 分到 89 分之间有 18 人，离优秀只差临门一脚，她从这些学生身上看到了希望。

凌霏进来的第一句话："试卷总算批完了，批得头昏脑涨。"她不常光顾教师办公室，同轨的六年级办公室来得多一些。她说这话，算是招呼，也是一个引子。室友都热情招呼她。苗珊珊说："考得怎么样，凌校长班肯定不会差的。"

"哈，还算正常，90 分以上二十多个吧。这学期瞎忙乎，班级里有点荒废，接下来静下心好好教书了。"凌霏轻描淡写中透出谦虚，谦虚吗？每次单元测试后，她总会过来交流，一个个班级打听，直至满意而返。

胡几何和苗珊珊都说了概况。

"林老师，你班呢？"凌霏问。

"她班考得好，有 100 分的！"苗珊珊抢着说。

"100 分？"凌霏说，"100 分的高年级试卷从来没见过，让我开开眼界。"

林小芳把卷子递过去。

"谢婷婷，哦，家里开饭店的……外地生中乖孩子……

早有名气。"凌霏看得很仔细，"这张卷子确实做得好，不过……作文不扣分似乎……你看评分标准，一类作文酌情扣 1~3 分，至少应该扣 1 分吧？"

"权当鼓励，基础部分无失分，难得。"林小芳没有正面回答。

凌霏拿着谢婷婷的试卷，说带回去好好学习。

第十二章　全校大行动

自扦插那一排木槿，林小芳每天早晚都要去查看一次，不时给小树浇水。刚刚成活的枝条扎根浅，隔了两天周末，叶子有点蔫。如果水分供不上，不在冬季来临前长出足够的根系，它们能否安然度过冬天，还是未知数。

林小芳在车库边邂逅闫玲，两人同行。闫玲提到期中考试的事，他们办公室都知道，林小芳批出一张 100 分的语文试卷。"不是我批出 100 分，是学生考了 100 分。"林小芳觉得那种说法怪怪的，言外之意她捣糨糊，哗众取宠。

"以后，不要跟人家交流，你考得好，兴许有人会不舒服。"闫玲话里有话。

"哪里啊，跟他们不知差多少呢。"

"我班当然考不过六（3），三升四交接，她拿了最好的班级，还有苗珊珊这个班，低年级时也非常好。"闫玲点到为止，马上转移话题："最难过的是星期一，家庭作业马虎，还有好多学生没完成作业。"

"你想不难过，少布置一点作业。现在学生双休很忙的，又要补课，又要上各种培训班，孩子苦啊。"

星期一早读和第一节都是英语，林小芳上第二节课。闫玲在教室门口张望："乔香玉还没来？"

学生告诉林小芳，乔香玉英语家庭作业没带，闫老师非常心火，打电话给她父亲，还让乔香玉回家拿作业。

学生时有忘带作业，总是发生在那几个身上。次数多了，不由得怀疑其真伪。林小芳也要打电话给家长，并非小题大做，而是求证。"诚实比学业更重要！"她把这句话挂在嘴边，对家长，对学生一次次强调。家长配合还好说，推脱搪塞令她郁闷。不过，她从不责令孩子独自回家取作业，孩子出了校门发生点什么，她如何担待得起。刚才还跟闫玲说这事呢，难怪她，一脸惆惆。

直到下课，乔香玉仍无踪影。

闫玲正在跟乔香玉父亲通话。那边说，孩子回过家，去学校了。闫玲说，你沿路找过来，如果在路上把她送学校。那边说，老师放心，她一直都是自己上下学，这条路天天走。闫玲依然有些不放心，说右眼皮直跳。林小芳说，我正好空课，跟你一起沿路找。

林小芳骑着自行车，闫玲向曹老师借了一辆电瓶车，一路过去，不见乔香玉。两人在接近"苏虞张"公路的村道口，碰到乔香玉父亲骑着三轮电瓶车出来。他说，屋子周边找了，一路也不见女儿。看见老师，他开始紧张了，念叨道："会去哪里，去哪里呢？"

"也许那会儿孩子正好上厕所，或者，你俩下楼梯时错过了？"林小芳打电话问曹老师，曹老师说乔香玉依然没到。三人着急了，返回乔香玉家又找了一圈，回到学校。门卫说，没见有孩子进来。

林小芳陪着闫玲到校长室，如实汇报。匡校长脸色变得不好看，狠狠横了闫玲一眼："安全问题，三令五申，你简直……简直无知到极点！让一个女孩子独自回家。"他强压着火气，意识到还不是追责的时候，当下最要紧的事，把孩子找到。

匡校长让凌霏通知下去，召集所有空课的男老师，协助寻找，范围从环镇南路延伸到南湖、镇上、342省道、汽车站、超市等等，凡是孩子可能去的地方都过滤一遍。密切注意穿校服的女生，或者小学生模样的女孩。注意方法，不要扩大影响。

12点半，最后一路人马回到学校，寻找均告无果。匡校长脸色凝重，反复询问闫玲有关细节，有没有体罚、训斥乔香玉，孩子最近一个阶段有无反常表现，有没有向同学流露过什么。

林小芳拉着闫玲去食堂吃饭。工作人员已经在打扫地面了。饭菜早无一点热气。闫玲毫无食欲，坐着发呆。林小芳打破沉默，安慰、劝导闫玲。大滴泪珠从闫玲好看的圆脸滚落，俄顷，趴在桌上抽泣。

这几年，市内学校时有学生轻生，且呈低龄化趋势。去年吧，北边一所村小一位五年级男生离奇失踪，在他家柜子里被发现时，已经没了声息。孩子挨了父亲打，本来跟学校跟老师无关。好事的亲戚发现，孩子小作文中流露过厌世情绪，老师留下"阅"字批改。这不是老师的责任吗？亲友闹到学校，将上门慰问的语文老师、校长软禁起来，提出非分要求，群情激愤，把校长和老师打了。现在的孩子啊，家长啊，闫玲不敢想。

　　匡校长已经向教育局做了汇报。突发情况上报是有时限的，孩子从失踪到现在近五个小时了。匡校长同时向南湖派出所报案，请求派出所协助寻找。

　　派出所调取了8点以后有关路段的治安监控。南环路监控显示，乔香玉从7点43分出校门，一路步行往回家方向。7点55分，走到那个村道口，南拐。8点08分，乔香玉从村道出来，出现在画面，手里多了一个本子。按理说，她应该左拐往西，却右拐往东，从画面消失，也就是说，她从家里出来后，根本没往学校走。

　　乔香玉去哪了？调取东边所有道口的监控，都没有出现。她有两种去向：一是穿过苏虞张立交桥往东，二是上了苏虞张公路。兵分两路，一路老师配合警力，框定一块区域，寻访村民，在村庄、田野、小河等地方拉网式寻找。一路，动用两辆警车，南向苏州，北向张家港沿路寻找。

　　匡校长跟派出所所长坐镇指挥室。既然报了案，派出所把闫玲和乔香玉父母叫过去询问，做笔录。

　　从中午到现在，闫玲的泪水没断过。她从来不跟派出所打交道，面对一身制服的警察，显得无所适从。年轻警察略带稚气的脸上，挂着职业性的严肃。警察让她回忆早读课时的每一个细节，与乔香玉说的每一句话，说一定要实事求是，她说的每一句话都将记录在案。那个瞬间很短暂，也很简单。她跟林小芳上到三楼，路过教室，习惯性探头扫视一遍，学生到齐了，组长正在收作业。正想转身去办公室，有一个组长告诉她，乔香玉没带作业。

"怎么又没带？"这学期已经发生过几次了，让她回家取作业也不是第一次了。

"没做还是没带？"

闫玲自省够谨慎，打电话要求她父亲把本子送来，对方没好气道："烦死了，没空。"正是这句话，让她一念之间失去理智，勒令乔香玉亲自回家取。

警察马上与乔香玉父亲核实。他操着浓重的方言："是接过一个电话，妹（没）听明白，你又妹（没）说你是老师。"

乔香玉母亲在边上插嘴："不怪老师，是我家老头打了闺女。"

"打了孩子，什么时候打的？"警察问。

"就是闺女回来拿作业本那会。老头在场上捆报纸，甩手就给闺女一个大巴掌。老头脾气大嘞，没事爱拿孩子出气……"

"别瞎说！"乔香玉父亲暴怒地盯着他女人。刚才她说话时，拿脚踩她，意欲制止她说话。

"究竟有没有打女儿？"警察问。

乔香玉父亲扭过脸，眨巴着双眼，说："没打！"

警察回问他女人。

女人看了一眼男人，小声道："没……没打，他说没打就没打。"

无疑，父亲的家暴与孩子失踪构成直接因果。闫玲固然脱不了责任，相对减轻了许多。作为家长，孩子下落不明，会手臂往外拐么？

闫玲等在派出所无比焦躁，要求去"一线"。时间从来没有这么难熬过。3点，4点，再过半个小时放学了。去东边的老师和警员全部撤回，没发现什么迹象。上苏虞张公路寻找的警车也回来了，按孩子步行速度测算最远距离追踪，排除孩子在哪个道口拐弯。如是，简直大海捞针。

所长说，如果在天黑前仍无音信，将动用微信平台，发动社会力量寻找孩子。这种裂变式的传播方式，快捷而高效。负面效应也显然，孰轻孰重，顾不了那么多了。

作为班主任的林小芳，任课教师曹根生，着急程度不亚于闫玲。他们不愿往坏处想。林小芳骑着自行车，多次往返于乔香玉失踪路段。这孩子，说不定躲在哪个角落。

真给她猜着了！

"林老师，你们不要找了……"

乔香玉小小的身影突然出现在立交桥下，桥下光控照明灯已经亮起。

"真是乔香玉？你害得我们好找啊！"林小芳惊喜万分，赶忙向匡校长汇报。真想狠狠剋她一顿，看着泪水涟涟的孩子，林小芳的心刹那间变得柔软："你这孩子……"

乔香玉告诉林小芳，挨父亲打后，心里难过，想找个无人的地方痛哭一场。走到立交桥下，见道边野草（林小芳知道那是"一枝黄花"）丰茂，钻了进去。后来发现不对劲了，学校老师多次路过这里，隐隐觉得与自己有关，知道惹祸了，更不敢出来。她躲在桥墩背后，能望见林老师忙碌的身影，焦急的神态，能清晰地听到林老师一次次与人通话。这会儿，害怕了，也饿了。

"林老师，是我不好……"

没事就好！一场虚惊总算过去。

第十三章　走近安塞腰鼓

　　第一波寒潮到来时，学校掀起骨干教师会课热潮。

　　教导处提早通知，要求骨干教师人人参与，尽早选定教材。

　　林小芳斟酌再三，决定上《青海高原一株柳》。之前，她上过不少公开课，这篇课文还没尝试过。她多次外出参加活动，发现，有些特级教师翻来覆去上那几篇课文，成为他们走穴的保留节目了。有的课前后听了好多次，上网浏览，大同小异。炒冷饭才没意思呢，她拒绝重复自己，宁可一块块开垦荒地。

　　林小芳着手准备教案。为了获得真实感、现场感，求助青海的文友，帮她拍一张高原柳照片。文友说，我这上哪找柳树啊，只有灌木丛。平原上的阔叶树到这里，能活下来的都矮化为灌木或者匍匐植物了。你说的那棵柳树，肯定不在青海腹地，该不会是虚构的吧？林小芳说散文不允许虚构。毕竟没去过青海，而且课本插图是画作，而非照片，估计陈忠实写的那棵树不在了。西安那边文友倒是传来了照片，灞河，灞河桥，灞河柳，都有好几幅。

凌霏微她："你也上14课？"

这篇以灞河柳衬托高原柳的课文，就是第14课。这有什么不对吗？欧阳教导告诉她，凌霏选的也是这篇课文，曾到外校借班上课，借此参加过比赛，经过一次次打磨，已然成为精品。你跟她上一样的内容，算什么，掰，叫板？林小芳嘀咕，她上她的，我上我的，市里学校还专门组织同题作课呢。欧阳的意思她明白，本来么，给青海文友浇了一勺冷水，劲头大减，正纠结要不要上这篇。算了，以后再说，换上《安塞腰鼓》。

这得从头再来。研读教材，查阅资料，设计教案，做PPT……教学永远是一门遗憾的艺术，她要让遗憾压缩到最少。

无穷花开
WU QIONG HUA KAI

　　逼仄的教室，学生课桌挤得不能再挤了，后边和两边坐满了听课老师。录播教室给英语课先占了，抢不过人家，这节课只能安排在自己教室。四顾，30个班的语文老师都来了，还有领导，分校老师。

　　一个女老师执教《安塞腰鼓》，简直是挑战。

　　"俗话说：一方山水养一方人，一方山水有一方风情。承载着黄土高原特有地域文化的安塞腰鼓，奔放的动作，铿锵的节奏，动力十足。今天我们就一起跨越时空，走进黄土高原，走近安塞腰鼓，去感受一下它的风采和魅力。"

　　林小芳以一段声情并茂的导语进入教学。

　　"刘成章当初看到了怎样的腰鼓表演呢？难怪刘成章会惊叹——好一个安塞腰鼓！"

　　"呹溜溜的南风吹起来了，吹动了高粱叶子，吹动了后生们的衣衫，看，腰鼓敲起来了。"

　　话音抑扬顿挫，极具煽动性。听课老师惊讶，这个娇小的女老师身上，蕴藏着那么大的爆发力。

　　"好一个安塞腰鼓！"这句话在文中出现几次？各有侧重写什么？她主张一个问题贯穿始终，切忌把语和文肢解得支离破碎。讲就是讲，透彻地讲；读就是读，放胆读；写就是写，写出文采。

她带着学生感受安塞腰鼓强大的生命力，从文本到媒体，她把音像分解为三个部分：第一次只有声音，第二次只有身姿，第三次音像融合。

似空谷回响，似行云流水。

剥茧抽丝，举一反三，她把一堂课上出了"张力"。

…………

她以一段风格迥异的朗读结束课文：

"……世界出奇的寂静，以致使人感到对她十分陌生了。简直像来到另一个星球。耳畔是一声渺远的鸡啼。"

教室里也是出奇的安静，以致听课老师忘记起身离开。俄而，匡校长站起身带头鼓掌。

两天后，欧阳教导把五千多字的评课稿发在学校网站。主标题是《呈示独特的生命本底》。

"优质的课文为优质语文课提供了文本的支撑，然好文未必能上出好课。恰恰相反，越是优质经典的文本越是难于驾驭。教师自身的语文素养，把握教材能力使然。能力因素不泛泛而述，之外的因素有没有影响？有！甚至是决定性的。性别，性格，音量，说话气势，等等。当林小芳移动鼠标，在骨干教师展示活动安排表上，执意将《青海高原一株柳》改为《安塞腰鼓》，我是为她捏了一把汗的。就连听课老师也感慨，这课难上！啧啧。啧啧的意思很复杂，说这篇课文一般人不敢轻易尝试上公开课，说她有勇气，也可能说，如果上得不怎么好，或者上砸了，情有可原。"

接着，以三个精心设计的小标题展开评述：重构文本的阅读；回到身体的现场；呈示生命的本底。

欧阳是作家出身，不知不觉以作家的视角审视语文教学，评述间不乏警句：

"在她的引领下，学生脱轨于词句本身，抵达一定的精神高度。"

"抓住生命形态存在感的不同形式，由贴近地域文化所获得的个人化的深度感受出发，寻找生命在广阔背景中的意义关联。"

"兼顾细节，渗透语用意识，时时关注表达，通过语言文字感悟、品味，表达方式的迁移，尝试说话，将语用聚焦于语言的生长点。"

"精神的引领，文化的滋养，是语文教学的本真，也是学生核心素养培育的本真。"

…………

　　这么多年，评过她的课的老师不乏其人，这样认认真真，长篇大论，站到一定制高点写她的人绝无仅有。

　　这次骨干教师展示，成了林小芳一个人的舞台。

　　这节课以后，学生作文中出现大量刘成章式的句子，短句，对仗，比拟，加大段的排比。纵然，还来不及实现语言的高度内化，某些表达不免牵强，他们毕竟还是小学生。

　　两周一次的教师大会上，匡校长浓墨重彩，把林小芳好好赞扬了一番。从上课到处理突发事件，说她有思想、有魄力、有能力。

　　"咋不说四有呢……"林小芳听到胡几何跟苗珊珊小声嘀咕。

第十四章 寒蝉不是冬天的蝉

元旦过后，期末不远了。

结束新课，进入复习环节，这个阶段大约两个星期。复习不是简单的重复，题海战术等于隔山打炮。归类、综合、整理知识点，林小芳觉得比平时更忙。

学校教师群发布提示，近阶段文印室工作量大，规定每班每学科文印不超 8 张 A4 纸。似乎给了埋头复习的老师一个提醒，弄几张试卷做做，何必一天到晚唾沫横飞穷讲。

胡几何偷偷印了几张试卷，有往年考试卷，有网上下载的综合卷。说偷偷似不确切，他与苗珊珊资源共享，

互通有无，是否跟凌霏和欧阳共享，不得而知。无视林
小芳，把林小芳当外人是事实。闫玲说，怎么不给我班
来几张。苗珊珊说，我们的试卷没水平，"一有"都没
有，她看不上的。

林小芳不需要试卷。

与林小芳恰恰相反，胡几何与苗珊珊无比轻闲。他
们每天做一张试卷，让学生互批，自己订正，回到办公
室没啥事了。无须备课，无须批改作业，胡几何一天到
晚戴着耳机，听音乐，看电影，双脚架到桌面，在暖洋
洋的空调室里闭目养神。苗珊珊待在办公室的时间很少，
时常偷偷溜出去，驾着"宝马 X1"，掐准了时间进来，坐
在办公室和教室里也不干什么，手里总是划拉着手机。

苗珊珊除了弄手机，最爱吃零食。闫玲悄悄告诉林
小芳，她的零食多数来自学生的"孝敬"，说她经常在班
里教育学生，要懂得分享，越是自己喜欢的东西越是要
与老师同学分享。你看她吃的车厘子、大杧果、日本饼
干、马来西亚丑丑巧克力……都是学生拿来的。坐在同一
个办公室的林小芳对此一无所知。那她呢，她也拿自己
的东西跟学生分享吗？闫玲撇撇嘴，她分享她不想吃的
东西，有一回，一个女孩隐藏了好吃的被同学举报，她

居然把女孩骂哭了。

大千世界，无奇不有。

六年级所有副课都取消了。凌霏在群里说，毕业班比较特殊，请副课老师让出宝贵时间给主学科。副课老师乐得省事，早早把期末成绩给了班主任。其他年级争相仿效，主课老师讨课，副课老师卖课，连匡校长的思品课都被老师讨去了。

语数外三门连轴转，学生昏天黑地。一个老师下课还在讲，另一个老师提前等在门口了，孩子小跑着上厕所，回来又是没完没了的作业。林小芳对孩子说，坚持！

这天下午，西北风愈发强劲，漫天黄澄澄的，作雪的天气呐！林小芳祈祷着，延缓三日，考完再下吧。

晚间，学校转发了教育局的通知：

"据市气象站预报，明天夜间到后天，将有强降雪天气。为了确保学生安全，经局党委研究决定，小学期末考试提前到明天举行……"

同时，学校群发了补充通知，把监考细则、监考安排表都贴到群文件中，要求老师下载阅读。

林小芳被安排到分校监考同轨年级。

　　她觉得有必要在家长群内发一个通知，考试时间、考试用笔、注意事项等等，让家长转告。依然不放心，一早赶到班级，觉得再无遗漏了，才放心去分校。拿到试卷，首先查找复习盲点。还好，只有一项内容还没来得及复习，新授课上都讲过的，但看造化吧。

　　阅卷安排在次日。试卷已经打乱了，重新装订成14本，写有班级和学生姓名的边栏，用牛皮纸封住，打上密密的书钉。

　　阅卷分两个阶段，先批作文，两两搭档，林小芳与分校老师一组。基础题采用流水作业，欧阳教导说老眼昏花，主动提出批简单的选择题、判断题。剩下的由年级组长胡几何安排，林小芳批阅原文填空。原文填空密密麻麻，漏字错字都要找出来，有的每空1分，有的0.5分，25个空，林小芳头不抬眼不眨，生怕出点差错。中午时分，有几位已经在等吃饭了，林小芳才批了一半。最后一口饭还在嘴里咀嚼，她又回到教室。

　　那些分值高、评分伸缩性大的主观题，是轮不到林小芳的。流水阅卷看似公正，实际很难说。七个人围着课桌拼接的工作台，嘻嘻哈哈，貌似轻松，谁心里都有小九九。一个班带了多年，老师对每个人的字迹一目了然，那张不像自己班的，这张是自己班的，某某的。试卷不可能打得很乱，往往一个班四五张挨着，可以互相佐证。任课老师自批有弊端，年级交换批也有弊端，扣分尺度大，成绩不好看。

林小芳还剩最后两本，同伴都批阅完成，开始结分。

"这张卷子怎么没有扣分？"苗珊珊突然叫起来。

其他人停了手头活凑过去看。六双眼睛盯着试卷，从第一题开始，逐题往下查，找不出差错。作文呢？刚才听凌霏念叨，这篇那篇作文特好，好像扣得很少。这篇只打了个勾，居然没扣分。

"啊哟，谁的学生这么厉害，准是凌校长班的。"苗珊珊说。其他人也附和："想想也是，我教不出这等学生的。"

凌霏笑着说："嗯，有点像班上某某的，一直是我得意门生。"

胡几何拿起试卷："反正结完分马上拆卷了，开奖！"

凌霏连忙制止。

胡几何攥着红笔，在试卷上头一挑一戳，眯眼抵着空隙端详，怪怪地一笑。苗珊珊看着他，想从他脸上读出答案。胡几何朝林小芳嘴一努。

“就是啊，我就觉得字迹不大像。”凌霏说：“这张卷子是我跟苗老师批的，实际应该扣1分，还是扣2分吧，99分明摆着作文只扣1分，人家会说我们六年级批得松。”她征求众人意见：“不管谁班上的，作文扣2分，好不好？”

他们嗡嗡的话，林小芳置若罔闻，身心置于辟谷状态。

胡几何把试卷抱到办公室。一个小时后，年级统计表生成了。平均分、优秀率、及格率三大统计要素，前两项六（1）班排在中间，平均分从接班时与六（3）班落差8分缩小至4分，优秀17人，89.5分的居然有5人，有些遗憾。第二是欧阳班，第三是分校一个班，胡几何班与分校另一个班与林小芳差不多，苗珊珊垫底。

林小芳长长舒了一口气。

在7个班中，就六（1）班及格率不是100%。其他班也有不及格，都是随读生，不纳入统计，有意思的是其中一位随读生居然考了76分。不及格的无疑是荣昊天了。以往，每到考试前一天，任课老师特意关照他次日“病假”，打电话请家长配合。突然提前的考试让老师忽略了他。他频频干坏事，双手被父亲按在热水中烫伤了，

无穷花开

WU QIONG HUA KAI

有一阵子没来了，谁知道，考试这一天，突然冒出来了。

荣昊天的语文试卷，破天荒没有空白，也许实在闲得无聊，也许受考试氛围感染，对他来说，涂鸦几笔也是玩。选择题加判断题得了 8 分，应该是撞对的。看拼音写词语居然写出了 2 个，原文填空得 1 分，作文写了 5 行字，批卷老师开恩给了 10 分，总分 21。西天出太阳，他居然肯写字了。21 分也是成绩，彻底改变了一直没有成绩的过往。这对林小芳是极大的安慰。

既然来了，考了，成绩列入统计。闫老师和曹老师都叹气，给荣昊天一个人摊走 2 个平均分。林小芳也郁闷，影响统计指数不说，及格率一项，被生生扣掉几百元奖励工资，总归有点肉痛。

办公室里小小兴奋了一两天。

有人背后说林小芳运气好，有一题碰巧讲过。那是一道选择题，柳永词《雨霖铃》头一句"寒蝉凄切"，"寒蝉"是哪个季节的蝉？四选一。绝大部分学生望文生义选择了冬天。选文来自课外"阅读考级"。老师基本顺其自然，不花时间。林小芳带着孩子一本本读，每天规定阅读页数，背诵篇目也花了些时间。讲解"寒蝉"这句，她让学生到下半阕找答案，"多情自古伤离别，更那

110

堪冷落清秋节！"学生或多或少有印象。总共不到50人做对，她班答对的有35人，苗珊珊班全军覆没。

　　什么叫碰巧，知识不靠点滴积累靠什么？偶然性寓于必然性之中。开车回去的路上，满眼银装素裹。好久没去南湖，雪景又是另一种情调吧？林小芳突发奇想绕道南湖，停车拍了几幅照片，发到朋友圈。

第十五章 评 优

办公室通知，要求教师填写年度考核表，撰写述职报告。

述职按年级组进行，领导、术科老师、后勤岗位单独设组。扣除领导，六年级组共 10 人，分配优秀名额 1 人。林小芳人事关系在原单位，工作在南湖小学，校长室通知她在这里述职。

胡几何把教师召集到科学教室，凌霏带来一沓测评表，这组述职由她主持。

述职按照班序排列，林小芳是第一个。为了这份述职材料，她熬了两个黄昏。内容分两块，上半年在红梅小学，说得比较简略，下半年，围绕语文教学和班主任工作展开，各自列了小标题，有面上的陈述，有举例，有数字。一不小心说了十几分钟。

凌霏接着提醒，泛泛的内容尽量压缩，挑主要实绩讲，不要超过5分钟。

胡几何插嘴说："我这把年纪不求上进了，不想得优秀，合格就满足了。述职免了啊，节省大家时间。你们小青年，早晨八九点钟的太阳，大有前途，好好述职。"

曹根生表示响应，闫玲等几位老师均表示放弃述职，等于放弃优秀。只留下三人继续述职：与欧阳教导合班的（2）班班主任卢向红，与凌霏合班的（3）班班主任顾亦斌，还有苗珊珊。

林小芳跟阎和曹坐得近。胡老师几个坐得近，不时低头耳语。

凌霏让胡几何发测评表。

凌霏说："先不忙填写。几位都陈述了自己的实绩，大家天天在一起，彼此之间比我了解。优秀名额只有一个，希望大家慎重。"

胡几何插话："工作都卖力的，敢说哪个拆烂污，哪个突出，都差不多。评优么，得为小青年着想，苗老师来年评职称，有一项硬条件。将来哪个小青年需要，我们都应该帮助。"

胡几何话没说完，大部分老师把测评表填好了，不就是名字后打个勾么，几秒钟的事。凌霄宣布开始填写，老师们已经把测评表折叠起来放在桌前起身离开，有的还折了两下。

下班前，年度考核优秀名单发布，苗珊珊赫然在列。

闫玲微信上跟林小芳说，昨天夜里闫玲收到过苗珊珊的短信，请求投她一票，同事们都收到同样的短信。闫玲问，你有没收到？

林小芳表示没有收到。

也许闫玲觉得，你林小芳一个外人，成不了气候，你那一票投谁都无所谓，改变不了结果。二者，她吃不准林小芳是否领情，是否肯给她面子。林小芳的分析与闫玲完全一致。

有这么评优的吗？一个平时工作疲疲沓沓，上班松松垮垮，考试垫底的老师，竟然考核优秀，还是民主投票产生的。岂不让老母鸡笑掉大牙！评职称有硬条件，你日常工作做出成绩，助你一把没二话。一个单位，把本该严肃公正的评优工作弄成儿戏，如何鼓励踏实工作，

如何树立正气？林小芳后背冒起一阵凉意。她不是不在
乎这个优秀，优秀是对勤勉者的肯定。如果这个优秀给
闫玲，给那两个小青年，哪怕给曹老师，她都认可，唯
独给苗珊珊，她觉得不对。

胡几何已经帮苗珊珊联系饭店请客，答谢诸位，办
公室里洋溢着节庆气氛。公示一周，走走过场而已，有
谁真会表示"异议"，打电话"反映"？

休业式放在上午。全校师生聆听匡校长的讲话。尔
后，班主任发放成绩报告册，荣誉证书，强调几点寒假
要求，学生即可离校。有几位外地生提早回老家，报告
册之类暂放林小芳处。

学校不安排午餐。苗珊珊做东，邀请六年级组到南
湖边的生态园聚餐。优秀嘉奖没发放，反正早晚的事。
约定俗成的规矩，无须一一邀请，对林小芳不例外。十
数人分乘三辆汽车，嘻嘻哈哈出了校门。林小芳没起身，
闫玲说，走哇。林小芳说中午还有事。闫玲说，饭总要
吃的，你融入我们太慢了。

林小芳是不合群的人吗？半年间，她隐约感受到某
些老师的排外，你想融入他们，他们是否让你融入。同
事之间正常的关系是淡淡的，过于热情与冷漠一样，给

人觉得隔膜。普通的农家菜烧得入味，河虾、杂鱼、螺蛳都是南湖特产。一桌人有滋有味，兴致盎然，男老师借着酒意说些不咸不淡的荤话，女老师捂着耳朵抗拒精神污染。其乐融融，这种氛围很容易被感染的。女老师都把饮料改成红酒，劝林小芳也来一杯。林小芳豪气勃发，要喝就是白的。闫玲把林小芳杯里的橙汁泼了，说，我跟你一起喝白的。本来说说而已，没想到众人不依不饶。林小芳说，开车回市里呢。胡老师说，甭担心，代驾很方便。

手机"咚"的一声，林小芳低头看，是芮菲菲母亲的微信，感谢她对芮菲菲的关照，让她约另外两个老师，一起到城里大饭店吃一顿。林小芳回应："谢谢你的美意，吃饭就算了。"

芮菲菲养尊处优惯了，优越感写在脸上，有些躁有些狂，女生都不怎么喜欢跟她做伴。从低年级开始，小事不断，告状不断，导致尹曼玉跟她家长弄得很僵。自手机事件后，林小芳花了不少心思跟她母亲交流，最终母亲没收了她的手机。林小芳经常跟芮菲菲说，女孩子不可太野，关键词是"文静""优雅""矜持"，半个学期来，她像换了一个人似的，成绩也进步了。从排位上，恰好挤进"三好"名单。

第二个发短信的是乔军母亲，"为什么没给乔军奖状？"正想着如何回复，又来一个："总分第五却拿不到奖状，你怎么评的？"

这次评选"三好学生"，林小芳考前在班上组织民主评议，按得票数多少排出20人作为候选人，反复说明这是其中一个方面。

按30%，学校给班上的"三好"名额12人。林小芳将三门总分排名，总分298的谢婷婷排在第一，第二开始依次是李子希、张子杰、曹琳……将得票排名与成绩排名相加，排出前12人。她把结果给闫玲和曹老师过目，请两位把关。曹老师笑道，弄得这么烦琐，他们几个班都是按成绩排位定的。闫玲呷着嘴说，其他没问题，只有乔军，估计他母亲不会罢休。

林小芳回应："严格按'三好'标准评定，成绩只代表一个方面。"

闫玲举着酒杯说："不要弄手机啦，难得放松，喝酒吃菜。"

林小芳苦笑道："麻烦事来了，你神！"

闫玲抢过手机一按关机键："不理！"

能不理吗？餐毕，手机回到林小芳手里，信息咚咚咚跳出来。

"乔香玉怎么也拿到了奖状？"

"芮菲菲经常惹事，你是不是偏心？"

"我们家穷，老师也嫌贫爱富吗？"

"怎么不回答？我要向校长反映。"

一长串信息，一长串责问。每次她儿子惹事，叫她来学校面谈，总是推脱上班忙。她忙？不像。

"我在开车。这是你的权利。"回应了最后一问。

晚间散步，林小芳接到乔军母亲电话，说半天上班都没心思，想来想去咽不下这口气。名单究竟是你定的，还是谁的主张？林小芳说，学生测评，老师协商，可以把原始资料发你。

林小芳早有准备，测评统计表拍了照片，上报名单上有三位老师签名。

电话又打过来："我家乔军表现真那么差吗，孩子犯错上帝也会原谅的，你就不能鼓励一次，我会好好教育的。"

"评优不是儿戏。"

"我在同事面前下足了面子，求你了。"那边语调带着哭腔，"给他补一张奖状，不要奖品。"

这要求新鲜。苗珊珊的六（5）班，期末三门都过90分的只有7人，被卡在语文学科上，严格按标准，该作废好几个"三好"名额，不知怎么弄的。胡几何的六（4）班，也是12个名额，天知道他去哪里弄来几张空白奖状，当然，作为奖品的课外读物《草房子》他弄不到。

"恕我直言，这样的鼓励，只会害了他。"

闫玲和曹老师都发来信息，他们三个有一小群。乔军母亲也给他俩打过电话，也纠缠了一番。

手机铃声再次响起，林小芳以为还是乔军母亲的，这么无休无止纠缠，实在吃不消。来电显示是匡校长。果然捅到校长那里了，这个家长说得出做得到，果然厉害。

匡校长远兜近转，先说了不少好话。又说，这次评优，有人反映六年级组有些问题，经了解，操作是规范的，老师投票代表自己的意愿，不存在作弊行为，我们不好说什么。不过，你也得了好几票，短短的半年间，你的表现有目共睹，老师还是认同你的。我跟教育局协商，给我校增加一个优秀名额，用于鼓励你辛勤支教，请你明天来学校补填一张表。

匡校长稍顿片刻，问："你班上有个学生叫乔军吧，这次评选'三好'，她母亲有些意见。作为班主任，坚持原则应该，也要注意方式方法，尽量处理好家校关系，否则对将来工作不利。"

林小芳简要做了汇报。

匡校长说："学校对家长投诉都要限时答复的，我心里有底了。"

林小芳本想再说几句，一听"投诉"，觉得毫无必要了。

这么多年来，林小芳从未如此迫切盼望放假，一旦弦放松，身心俱疲。着实歇息了几日，精气神上来了。约以前的同事喝茶聊天，回一次乡下老家看望长辈，带孩子到虞城公园游乐场玩玩。没事在家看书，陪伴孩子。书上说，最好的爱就是陪伴。每天早出晚归，跟孩子待一起的时间严重压减。儿子上四年级了，寒假报了个戏曲兴趣班，学唱锡剧，真是人才难得，天知道儿子哪来的戏曲基因。女儿过暑假才进幼儿园小班，天天嚷着看《小猪佩奇》，看看无所谓，一天到晚盯着屏幕，把小眼睛看坏了。

凌霏在朋友圈发布分享，引言"一杯香茗，一本好书，一窗暖阳。读梭罗的《瓦尔登湖》，如闻夜莺的乐音乘着吹起涟漪的风从湖上传来，心境澄澈"。下边有三幅照片，摊开的书，书上有圈点有批注；一杯刚泡的白茶，茶叶半浮半沉，茶色翠绿；另一幅是她读书的剪影，美过图。底下刷刷刷一排排点赞。林小芳也在心形赞字符号上点了一下，"木槿花语"很快显示在一长串名字后。

没事研究各自朋友圈的分享，也是很有趣的。曹老师转发的帖子，都与养生有关，苗珊珊不是旅游就是吃，胡几何日发数帖，都是奇闻，哪位明星有过几次婚姻，哪位高官被抓，谁跟谁打口水仗，哪个地方有突发事件，等等。

第十六章　怪味豆腐干

一晃，又开学了。

家长群也恢复了活力。群主把林小芳拖进群，等于对她不再设防。林小芳把闫玲和曹老师也邀请进群。这样一来，尹曼玉留下的家长群与芮总建的群完全重合了。林小芳建议，废一个留一个。把早先退群的，不愿入群的都邀请进来。乔香玉父亲换了一款智能手机，林小芳让乔香玉辅导父亲申请微信，加群。在成都卖货架的唐冬冬母亲也入群，她借助微信群联络这边，再通过电话遥控父母。只差荣昊天家长没加群。

家长与林小芳，与闫玲、曹老师关系明显变得融洽，与先前的抵牾不可同日而语。林小芳说，家长与学校与老师敌视，到头来最受损失的是孩子，也是你们家长。老师与家长不是天生的仇人，目标一致，应该成为同盟。什么叫同盟？肝胆相照，荣辱与共。

家长说，是这个理。

一个好老师造就一班好家长。群里阴阳怪气的话没了，牢骚少了。家长有疑问有困惑，在群里一说，热心人帮着出主意。七嘴八舌，扯着扯到别处去了，家长群像茶馆。

林小芳提醒，这个群只谈与孩子相关的话题。

刘翔母亲在群里公开表达对林小芳的感激。她帖出一张奖状，说从一年级到五年级，孩子从来没拿过体育比赛以外的一张奖状。相比"三好"奖状，"进步学生"含金量差远了。关键是孩子树立了信心，想好好读书了。

一向潜水的刘翔母亲变得异常活跃，说寒假中给孩子买了钢笔字帖，规定他天天练字两页。还贴出刘翔写的字，尽管仍不入体，至少工整了许多。有家长调侃，这种字也敢拿出来炫耀？她说你们不晓得孩子以前的字，狗都不吃！引得群里表情包狂轰。

林小芳留意到，能说会道的谢婷婷母亲一直保持沉默。乔军母亲始终处于潜水状态。侧面了解,乔军父亲整日不着家不管家,婚姻名存实亡,里里外外都落在这个要强的女人肩上,她生活不易。她把所有希望寄托在儿子身上,又不懂如何善待孩子。顺心时溺爱无原则,不顺心则辱骂加棍棒,天天骂丈夫,给儿子播种仇恨,造就孩子任性、偏执、暴躁的性格,这样下去很危险。但愿她能冷静反思,想通透了,这个过程只能由她自己去完成,任何人替代不了。开学没几天,乔军依然小事不断,欺负女同学,抢隔壁班同学的小吃。

"老师也不是圣人,不要把老师看成无所不能。"林小芳在群里说,意思不要苛求老师。理谁都懂,未必做得到。

刘翔母亲带了两大包东西,说一点家乡特产,值不了几个钱,给老师们尝尝。

林小芳给两个办公室留了一点,一大半拿到了教室。

这是新学期第一节班会课,本来计划修订《班级公约》,看着这一大包食品,林小芳临时改变了主意。

今天怎么啦?学生看林老师提着一个黑色大包,眼睛发直。林小芳问:"谁知道袋子里是什么?"有学生说是文具,有说手工制作材料,有说,是布置班级环境的纸花。

林小芳神秘一笑："No,No,No,往你们喜欢的方向猜。"

学生们一头雾水，摇头无语。

林小芳解开带子，让孩子们闭上眼睛，用鼻子触摸气味。

"香！真香——"

"是好吃！"学生欢呼。

"知道哪来的？"林小芳按着袋子："刘翔妈妈特意从老家带来跟大家分享。知道为什么？"

学生说表示感谢。

"答谢老师和同学对他的帮助，这叫感恩。当然主要靠刘翔自己的努力，顺带说一句，跨栏的刘翔不准备改名了。"

孩子吃吃笑，转身冲刘翔做鬼脸。

"这节班会课的主题是——"林小芳转身板书"感恩与分享"。

"分享有多种含义，刘翔既和我们分享美食，也分享他进步的快乐。如果像幼儿园分点心，老师一个个发你们吃，那叫分配。分享与共享也有区别，可以给或不给，可以多给或少给。谁最有这个权力呢？"

"林老师——"学生不假思索，异口同声。

"不对。究竟应该是谁？"

"刘翔？"有人小声说。

"Yes，刘翔是这袋美食的主人，我们把分享的权力交给他。这个主人不好当，至少有义务让人知道你给他们吃的是什么东西，莫名其妙的东西吃了不长肉。"林小芳把所有小吃摊在讲台上。

刘翔搔着头皮，好久才憋出两句话："这个叫玉带糕，这个叫怪味豆腐干。"

林小芳补充道："玉带糕，又叫阜宁大糕，是刘翔老家安徽特产。怪味豆腐干么，尝过才知道。"

"进入分享环节，请刘翔选择分享对象，第一次10位。刘翔，你可以选择班上你最喜欢的同学，你最好的朋友，爱给谁给谁。"

刘翔站在林小芳身边，目光来回扫视。全班同学都盯着他。

刘翔的目光定格在林老师身上，恭恭敬敬把第一份递给她。

林小芳说："近水楼台先得月，太感谢你了。老师第一个分享你的美食，万分荣幸。"

刘翔捧着大糕、豆腐干，把第二份放到谢婷婷桌上。谢婷婷赧然一笑，低声说，谢谢。

又有八位同学获此殊荣。林小芳留意到，这第一拨都是班上的"三好学生"。这孩子，内心崇拜品学俱佳的同学，价值取向是健康的。

率先获得馈赠的9人，谁都没有动眼前的美食，兴奋而拘束，尽管老师关照可以率先享用。

第二轮让他再挑10位。

第三轮又让他挑10位。

剩下为数不多的孩子，桌子上空空如也。米糕和豆腐干算不得奢侈品，换作平日，他们还不稀罕呢。而眼前，远非口福之惠那么简单，六年级的孩子都懂，这代表着荣耀。

讲台上小吃所剩无几。林小芳说："请刘翔把最后剩下的小吃送出。老师不规定人数，你爱给谁给谁。"

省了一句"不想给也可以"。教室里静得出奇，还没拿到小吃的几位望着刘翔，紧张而恳切，已经拿到的也盯着刘翔的一举一动。刘翔似乎恢复了慢吞吞的老样子，每送出一份，犹豫一阵，直至剩下两人时，站在中间走道，用询问的眼神望着林小芳。林小芳说，还想送谁吗？刘翔摇头。林小芳说，你手里剩下这些，怎么处理？刘翔自己拿了一份说，还给老师。

只有两个人没得到刘翔馈赠，乔军和荣昊天。他们自己知道，刘翔知道，全班都知道。林小芳装作熟视无睹，无所表示。后来问过刘翔，刘翔说，最不喜欢乔军，他经常恶作剧，自私，野蛮。荣昊天太不懂事，以前两人是好朋友，现在早不跟他交往了。

林小芳让孩子们开始品尝小吃。

"好吃吗？"

"好吃！"

"阜宁大糕松软，甜腻，有薄荷香。"

"怪味豆腐干名副其实，吃到嘴里有麻辣味，嚼几口，换一种味道，鲜味、甜味、咸味、酱油味、茴香味……还有无法形容的味，吃过，唇齿留香，回味无穷。"

"无法形容，描述精彩！"林小芳说："意思是不可言传只可意会，诚然。再好的语言远不如亲口咬一口。老师也想吃，可吃不下，知道为什么？"她稍停片刻，"作为老师，我失职。哪怕只有一个同学没吃到，我也该陪着，忍受被冷落的滋味。"

吧唧声渐稀。几十双眼睛盯着后排的乔军和荣昊天。

　　乔军低着头，耷拉着眼皮，从紧张盼望，到失落，到难受，脸涨得通红，眼圈也红了，终于趴在桌上，低声啜泣。

　　荣昊天一开始无所谓，探头探脑一刻不停，冲着别人指手画脚做鬼脸。每次刘翔走过身边，他压低声音叫唤，做出索要的手势。看到同学一个个坐得规规矩矩，他也坐得规规矩矩，从来没有过的规矩。最终，他看到周边同学一个个得到了小吃，快乐而夸张地吧唧着，无视他的存在，他惊愕，失望，神色黯然。

　　被全班同学遗忘是什么滋味，无形的力量震撼着他们的内心。他们能认真审视自己，重新建立价值观，能以内心痛楚换来全新的表现吗？

　　只是他和他不知道，这一刻，林小芳的心里也痛。

第十七章　特殊合同

班会课以后，乔军落魄了几日，低调了许多。失去观众，荣昊天的表现欲大减。林小芳避免在班上提起，似乎压根不曾发生过这件事。她需要静观，她已经习惯了下课以后留在教室，以往一下课如野马脱缰的几个捣蛋鬼，觉得总有一条缰绳被老师拽着，一学期下来，纪律大有改观。课间坐在办公室，这个方位教室和走廊安静了许多，与哄乱的五年级形成反差。几个副课老师也反映，现在上六（1）班课比较轻松，不需要扯着嗓门整顿纪律。

林小芳瞒着学生，私下带乔香玉去过几次心理咨询室。乔香玉脸上的忧郁慢慢褪去，变得活泼、合群。

开学以后，谢婷婷有些反常，一向开朗的她，忽然沉默寡言。林小芳多次发现她上课走神，不想举手发言。有一次林小芳突然提问她，她竟然答非所问。第一单元测试，勉强考了 90 分。会不会因为身体发育，心理有所不适应，或者青春期叛逆的提前？不太像。林小芳几次问她，她目光躲闪，说没事。

该不是自己多心了？听话乖巧的孩子谁不喜欢呢，林小芳承认偏爱她，却不允许她学业上有所退步。闫玲也说这孩子有点不对劲，上课提不起精神，班干部工作不积极。

一天下课，忽然听到隔壁曹老师在大声嚷嚷。都说曹老师好脾性，不见他轻易发火。曹老师拍着一张试卷，大声质问谢婷婷："你怎么考这么点？别的同学考砸情有可原，你，你居然才考 72 分！"林小芳拿起试卷，数学第一单元内容是《解决问题的策略》，内容抽象而深奥，可能试卷偏难，顾亦斌也在抱怨他班考得不好，简直惨不忍睹。

林小芳第一次见到谢婷婷哭丧着的脸。孩子给她的印象一直阳光自信，充满朝气。谢婷婷侧身站在桌子边，抹着眼泪，鼻腔里嗤嗤有声，咬着嘴唇，竭力控制着情绪。曹老师降低了音量问她，她始终不语。林小芳对曹老师说："咋那么大火气，别把小女孩吓着了。来来来，跟我到隔壁去。"

难得办公室里的老师们都不在，林小芳安顿谢婷婷坐下，抽出几张纸巾递给她。

过了一会儿，谢婷婷情绪稍许稳定。林小芳慈爱地看着她，就像看着自己的孩子。林小芳跟孩子闲扯，春节有没有回老家重庆，爷爷奶奶对你怎么样，饭店生意好不好，等等。孩子说，饭店增加了火锅，生意比平时忙，外公外婆从重庆过来，住在饭店楼上，帮着她母亲干活，她寒假里也帮店里收拾碗筷，扫地，每天很晚才睡……

"小小年纪，懂得为父母分忧，真是个乖孩子。你爸爸呢？"

孩子说了那么多话，始终回避着她父亲。拨弦听音，林小芳从中觉察异样。就她掌握的信息，谢婷婷家庭正常，莫非……如今单亲家庭越来越多，林小芳从不在课堂上询问学生家庭情况，生怕不慎触摸孩子痛处。"你爸，他不在店里干？"

"他……做长途货运，十天半月才回来一次。"

"婷婷，我们几个老师都觉得你这学期退步了，你能告诉老师碰到了什么困难，也许老师可以帮助你。"林小芳明显听出孩子的迟疑，似乎不想提起父亲。

"我妈和我爸要离婚了！"

难怪！

谢婷婷很小的时候，父母带着她背井离乡来苏南闯荡，起先在工业园区厂子里打工，挣不到多少钱。她母亲脑子活络，肯吃苦，两口子辞了工在园区边上开了一家小饭馆，顾客基本上是打工族。几年苦心经营，积攒了一些钱。为了让孩子接受良好的教育，转移到镇上，在菜市场边租了两间门面，继续开饭店。她父亲烧得一手好菜，在本地口味中融合川味，菜价实惠，生意愈发红火。前两年，亲戚动员她父亲一起货运，说跑长途更来钱。开始，她母亲坚决反对，投资成本高不说，男人整年在外跑长途，家里多了一分担心。母亲最终拗不过父亲，投资三十多万购买重卡。起初确实挣钱，跑一趟能赚一万多。后来生意慢慢不好做，停车场里等的时间多，出车时间少。他想把车卖掉，旧车不值钱，赚的不够折旧，不甘心亏本，不死不活耗着。店里请了厨子、帮工，成本一下子提高，用不着细算，加起来还不如以前开饭店挣钱和省心。父母开始吵架，父亲回家的次数减少，挣多挣少不交给母亲，母亲怀疑父亲外头有问题……

"以前我盼爸爸回家，现在，既盼又怕，爸爸一回家，鸡飞狗跳，我夹在中间最难受了。"

"家庭不和，影响了你学习。"林小芳完全理解，孩子心理承受力差，是家庭问题最大的受害者。

谢婷婷告诉林小芳，考试成绩不好，也是有意而为。比如这次数学题，实际上基本会做，故意在最后一步写错答案，她预算恰好60分，曹老师批数学分步给分的，答案错不一定全扣，结果超出意料。至于语文考试，她怕林老师难过，出错不是故意，确实因为粗心或不会。她想以成绩滑坡让父母引起警觉。

这孩子，懂得在父母面前表演"苦肉计"。怎么说她好呢，小聪明，大智慧，超乎同龄孩子的心机。可是，你干吗不早跟老师说呢。谢婷婷说，向人倾诉是要勇气的，我不想说。

林小芳觉得，有必要跟谢婷婷父母长谈一次。

谢婷婷家的饭店，店名"要得"。要得，四川话好的。从店名能联想到饭店主人的来历，菜肴风格。林小芳走进饭店，店堂内弥漫着呛人的辣味，往厨房探望，但见老板娘站在灶台前用一口大锅熬制辣油。老板娘胖胖的，胸前围着一件硕大的皮围身，在腾腾的热气中用笊篱搅动，吭吭呛呛咳着。

老板娘通红的脸上沁出细汗，对老师突然造访颇感意外。林小芳说外人只看见开饭店赚钱，不看见挣钱的辛苦。老板娘说习惯了，只怪以前没好好读书，只能挣辛苦钱，因此一直叮嘱女儿好好读书，不要像妈干苦力。林小芳接过话，婷婷很优秀，简直出类拔萃。可是，最近一个阶段，下滑得厉害。所以想跟你聊聊，一起找找原因。

老板娘一惊："成绩差到什么程度啦？婷婷打小自觉，我们不怎么管她。这一阵子，唉，都怪她爸。"

林小芳说："家庭变故，最受影响的是孩子，不说远的，看看班上几个单亲家庭的孩子，你就明白了。作为老师，无权干涉你们的自由。为了孩子，希望你们慎重考虑。"

此时接近五点，饭店里顾客陆续多起来。老板娘不时回头招呼客人，关照服务员安排席位，与林小芳说话明显不在状态。林小芳只得草草告辞。

次日，林小芳打电话给谢婷婷父亲，约他见面。他说没空，态度生硬，掐了电话。林小芳气不打一处来，又打："你以为我想管你的家事，你还像不像一个父亲？"

下午三点，林小芳带着谢婷婷去饭店。这个点，老板娘最空，跟四五个人在店堂"扎金花"。这个女人精力旺盛，倒是想得开。

谢婷婷父亲一回到店里，夫妻俩就吵。不等林小芳劝走，几位赌客扔下扑克牌，悻悻然开溜。

林小芳开门见山："你们夫妻之间的事，老师管不着。但由着自己性子，不管孩子感受，不是合格的父母。你们的孩子那么优秀，眼看着就要升入初中，节骨眼上发生这事，孩子睡不好，吃不好，怎么安心读书？"

夫妻俩又是吵，都指责对方。林小芳听出，夫妻俩都爱赌博，女的小赌，一把三五元进出。男的大赌，从输赢几百到几千，越赌越没心思出车，越没生意越赌，恶性循环，至于他在外边有花心，仅止于怀疑。

好说歹说，两位终于静下心。"孩子学坏是在一夜之间的事，如果交友不慎，等你们发现已经来不及。罪魁祸首在于赌博，亡羊补牢未为晚，每人表个态。"林小芳说:"至少在孩子毕业前,给她一个平安环境,至于以后,我管不着。"

林小芳让谢婷婷先说。孩子还没说话,泪水就下来了。她说,爸爸妈妈,我都爱你们,少了哪个都是我的不幸。你们能不能不吵了,不赌了,不要动不动闹离婚。

她父母怔怔地听着,眼睛闪着泪花。

老板娘说:"我也不是真想离婚,这么多年夫妻俩拴在一根藤上,说散伙就散伙,心里总归不舍。出来一家三口,回去少了个人,害得老人在老家也不安生。问题是他太不像话,这日子没法过。"说着,别过头擦眼泪。

谢婷婷父亲闷头抽烟,几欲开口。林小芳说:"老婆孩子的话都听清了吧。她们都希望有一个完整的家庭。夫妻间磕磕绊绊在所难免。你是个男人,男人应该有担当,看你啦。"

男人把烟蒂往地上一扔:"离了谁不吃饭,不过日子!都是我的错?当初买车子……"

林小芳连忙制止:"打住,打住,不说当初,说今天。我没事吃饱了来听你们吵架,不管啦。"

谢婷婷呜呜呜哭开了。

过了一会儿,男人表示可以不赌,要求女人也不赌。

口说无凭，林小芳提议三方立个字据。

一张练习簿撕下的双线纸，一支水笔，三方商议条款，林小芳负责整理。

经全家商议，每人承诺并立约如下——

谢婷婷：

保证专心学习，毕业考试每门在95分以上，当上"三好学生"。

妈妈：

1. 7月1日前不准提出离婚。

2. 认真经营饭店，每天收入记账。

3. 不得亲自参与赌博，不得在店内容留"扎金花"赌博。

爸爸：

1. 不得参与赌博。

2. 把全部精力用在运输业务。

3. 出车跑长途，每晚向妻子孩子汇报行踪。不出车天天回家。

4. 每次出车回来把收入上交妻子，由妻子上账。

…………

最后三方签名，林小芳做见证人，注明日期。

这是个什么文体？姑且谓之三方合同吧。没有标题，没有违约责任，没有说明"一式几份，几方各执一份"，那么简简单单，无需用专业眼光看即漏洞百出。就是这份奇怪的合同，约束着谢婷婷的父母，给了孩子几个月太平日子。

过几天，林小芳问谢婷婷，父母有没有吵架？孩子说没有。

笑容回到了谢婷婷的脸上，家庭的阴影渐渐散去，似乎压根没发生过。林小芳只需多带只眼睛，再问简直多此一举。有一天，谢婷婷主动告诉林小芳，她爸爸把运输车租出去了，辞了帮工，重新回到饭店当大厨。

后来，这份由林小芳见证并保存的特殊合同，原件被学校德育处收藏，成为班主任工作的经典。

第十八章　多彩的开放周

五月，对于学校来说，是"黄金月"。行事历过半，处于期中与期末之间，天不冷不热，适合室外活动，这个月的活动特别多。

"六一"前一周，学校组织"开放周"活动，开放对象是全体家长。操场与教室容量有限，要求班主任尽量均衡安排，确保每个家长轮到一次。

林小芳在家长群发布一周活动内容，要求家长根据孩子参加活动情况，择日报名，每天最多10人，报完为止。

星期一是经典诵读比赛。这是半个学期来大阅读活动的检阅，也是"校园阅读节"年级选拔赛后的延续。谢婷婷、李子希、曹琳进入决赛。诵读限时 3 分钟，选择合适的文本是诵读第一要素。林小芳为李子希选择了现代诗《党旗飘飘》。

> 激昂的是伊通河的汹涌怒涛，
>
> 低沉的是大孤山的松林阵阵。
>
> 悠扬的是长江的亘古绵延，
>
> 高亢的是珠穆朗玛的高耸入云。
>
> …………

李子希略显粗嘎的嗓音，高亢，富有激情，很适合朗读成人化的作品。

李子希抽到的签是 1 号，可以说是下下签。他在初赛时亮过相，评委领教过他的实力，照样给他打出高分，所以没怎么吃亏。

曹琳是自选内容，舒婷的诗《致橡树》。曹琳音色舒缓甜美，朗诵有一定的技巧。这孩子家里有不少读物，尤爱读现代诗。她初赛选的也是舒婷的诗《祖国啊，我亲爱的祖国》。大部分选手依旧沿用初赛作品参赛，比赛规则也允许，她偏要换一首，说挑战自我，拒绝重复自己。

林小芳为谢婷婷选的内容，是本地儿童文学作家金曾豪的《萤火虫，夜夜红》，选自他的散文集《蓝调江南》。集中所有作品均以南湖老街与乡村为背景，以儿童视角描述童年往事，给隐秘的故乡找到一个可以眺望的远方。这本书被列入本地学校大阅读推荐书目。《萤火虫，夜夜红》这篇，写在夏夜的黄昏，一家人躺在场院里的长桌几上，摇着蒲扇，数着星星，看萤火虫在夜空中明明灭灭，飞来飞去。语言美，意境美，音律美。谢婷婷模拟童声的诵读，加上江南丝竹配乐，把一篇经典散文演绎得如诗如画。最终以无可争议的优势，获得一等奖第一名。

李子希与曹琳都获得二等奖。身处比赛现场的林小芳，把班上选手的照片、小视频及时发布在家长群。群情振奋，很晚还在议论。来自家长之间的祝贺，令三位学生家长兴奋不已。

星期二是英语故事大赛。为了让更多同学获得锻炼机会，选手与语文诵读错开。曲高和寡，欣赏呈现小众化，响应程度不怎么热烈。

　　星期三，爱心义卖。一项体现老师鼓动力和班队凝聚力的活动。学生把家中淘汰的旧书籍、文具、玩具等带到学校，在操场跑道设摊叫卖。芮菲菲带来一大包东西，多数是玩具，光积木就琳琅满目，最受低年级孩子钟爱。荣昊天带了一套《世界名著（少儿版）》，是她爷爷帮着运来的。一套即一大箱，50本，出版于二十多年前，估计是他父亲小时候的读物，成色有些古旧。化整为零，每本卖一到两元，读本稀有，价格便宜，一上午差不多卖了一半。林小芳在班上，在家长群重重表扬了荣昊天。一个贪玩、不思进取的孩子，知道以一己之力为班级争光，这是多大的进步！

　　几位没带卖品的学生，想以捐款替代义卖。林小芳说，捐款颠覆义卖意义，你们把零钱花出去，不管买哪个班的物品，都是奉献。

　　翌日公告的"光荣榜"，有一个有趣的现象，年级越低，义卖所得越多。在人均额不到2元的六年级，林小芳这个班总计超四百元，人均十多元，遥遥领先。

　　林小芳发现有学生攻击刘翔、乔香玉等，说他们拿的东西少，拖了后腿。这几位学生灰溜溜的，干了坏事一般。她跟学生说，这不是比赛，不是考试。爱心无价，不能与阿拉伯数字简单地画等号。刘翔贡献的那辆电动坦克是他小时候最珍爱，也是唯一的玩具，能说他的贡献小吗？这些钱，美其名曰善款，一部分为家庭经济困难的同学助学，一部分捐给对口的希望小学，还有一部分留在学校红十字会，用作慰问敬老院老人，等等。

星期四，全校学生运动会。其主要目的，是为参加全市小学生秋季运动会选拔运动苗子。对于内部，班级与班级之间，这是一次以班级为团体单位，体现班级凝聚力的重大赛事。

之前规定，每班参加6男6女，每人限报2个项目。跑、跳、投掷三个大类，实力排得上号的，同学之间、体育老师都有数。而要兼顾两个项目，如"田忌赛马"扬长避短，孩子未必懂。林小芳向体育老师要了上个年度运动会成绩，仔细对照，终于在报名截止前上报参赛对象。刘翔荒废了几年，短跑肯定跑不过那几位长期训练的运动员，中长跑耐力不够，所以给他报了200米，一般忽略的项目，外加跳远。唐冬冬力气大，灵活性差一些，给他报实心球，加铅球。敢报800米的女生很少，乔香玉耐力好，报800米，加垒球投掷。乔军，爆发力好，报100米，加跳高……

　　林小芳说，群策群力，所有学生都不能闲着。除了运动员，班上成立三个小组，组长的产生由自荐加民主推荐。

　　一曰信息组，4人，由张志杰任组长。凡是运动员不能按时报到点名处，运动员领奖，由这个组负责寻找，传递通知。

　　二曰服务组，男女各6人，由曹琳任组长。负责保管运动员衣服，送矿泉水、水果，搀扶运动员。

　　三曰啦啦队，计18人，芮菲菲任队长。这个组规模最大，不需要跑腿又很风光，推荐过程中争论激烈。谢婷婷人气旺，站在她一边的人多。林小芳没有简单否决，说担任这个角色，需要泼辣、嗓门大才有气势。拿破仑说过，一头狮子带领的一群绵羊，能战胜一群由一头绵羊带领的狮子。

　　在同学的笑声中，芮菲菲走马上任。林小芳又说，这些官衔有效期只有一天。学生们又笑。

　　不要看芮菲菲平时大大咧咧，能量不小。她不但把父亲动员来了，还别出心裁安排父亲组建家长啦啦队。芮总是谁啊，群里呼一声，家长积极响应。有家长调侃，为了孩子，调休或请假一天无妨，学校不招待午饭。芮总豪气勃发，午饭包在我身上！

　　运动会从上午八点一直进行到中午十一点。校门口和操场上，两块巨大的电子屏，及时更新班级总分，滚动重大新闻。大喇叭里及时发布比赛名次，适时插播比赛花絮，六（1）班的家长啦啦队开创校运会历史，成为赛场上瞩目的风景线。

　　身处赛场的学生、老师、家长，都被现场的气氛感染着，集体荣誉感把他们的心联结在一起。至少在这有限的时空内，赛场以外的内容是放空的。

　　林小芳基本安坐在司令台护栏边，这里能宏观赛场全貌，望见看台上的啦啦队，迎送每一位奔跑过来领奖的队员，清晰地看到电子屏红色波浪的滚动。她反倒觉得像一个局外人，满操场的人都无视她的存在，却又无处不在。

　　唐冬冬气喘吁吁跑过来领奖。走过老师身边，有点不好意思，说才得了一个铅球第四，实心球第六。林小芳翘起拇指示意，不错啦！

　　乔香玉的女子800米跑得很苦，由于没有比赛经验，一开始拼尽了全力，体力严重透支，最后一圈靠着惯性，靠着意志支撑到结束。越过终点，她便软耷耷地瘫坐在地上。这个组一共四位参赛，她跑了第二。跟在跑道边的曹琳及时跑过去，搀扶着走了半圈，乔香玉基本恢复。

最后一枪，六年级组的男子100米决赛扣人心弦。六条非标准跑道，乔军从起跑瞬间，一直处于落后状态。林小芳忍不住站起身高声呼叫："乔军加油！"似回声一般，看台上顿时响起混合着童声和成人音质的呐喊："乔军加油，乔军加油！"跑道两边的学生都在为运动员加油，大喇叭里突然响起呼喊声，整个赛场被点燃了。

有两个男生跑进13秒，其中包括乔军。

大屏幕上的红字定格，六（1）班以微弱的优势，战胜了拥有两个市级运动员的六(4)班，获得年级组团体第一。

这一天，也成了林小芳和她学生的节日。

"六一"前一天，星期五。文艺汇演结束后，游园活动。按阶段分设若干场地，趣味体育、技巧类项目各有好听的名字。奖品一改以前的文具类，乔军、刘翔、荣昊天手里都捧着大把大把的小吃，在班上炫耀，与同学分享。整个校园，浸润在各色零食的香气中。

第十九章　感恩教育

　　一个月前，数学开始总复习。"六一"前夕，英语结束新课。语文也接近尾声，只剩下最后一篇课文《再见，母校》。这篇课文饱含深情，审视六年来的学习生活，表达对母校和老师的深深眷恋，对美好未来的无限憧憬。课文的作者与创作背景，教参上都没有。以前，还以为是一篇小学生优秀作文。林小芳在备课查阅资料时蓦然发现，这篇课文竟出自一位特级教师之手，老师写的？顿时给她不真实的感觉。还有，文中描写的校园生活所代表的年代完全落伍，比如说，文中早操，现在是课间操，信息技术不再作为第二课堂，而是列入常规课程，习字应该是毛笔字而非硬笔字，等等。林小芳问他们，临近毕业，你们可与文中所言有同感？这帮孩子够大胆，摇头直说，没有。谢婷婷居然说，太肉麻了。

是啊，作为作家，以孩子的视角回顾小学生涯，属于叙事方式。作者身为老师，借着孩子口吻自己去赞美自己，还有大段的抒情，老师都不好意思去教。

林小芳说，那我不讲了，自习，自主完成练习。

一篇好端端的课文，融思想性文学性于一体，孩子为何不喜欢？林小芳首先检讨自己，说可能你们没有碰到如文中一样的好老师，我平时对你们过于严苛，你们恨我都来不及，哪来什么眷恋之情呢。孩子嘻嘻笑着，说我们也不会忘记你。

林小芳也写作品，真实细致描摹生活的作品。用力过猛，随意拔高，就失去了真实感。春风化雨，润物无声。当孩子觉得你是在向他灌输道理的时候，你的教育基本失败了。

她决定把两课时分解为一节音乐课，一节语文活动课。

音乐课，她首选《我爱米兰》，一首老歌，借米兰赞美老师的歌曲。不妥，后来改为《母亲》。

无穷花开
WU QIONG HUA KAI

《母亲》也是一首老歌，2004 年由阎维文首唱而走红。

你入学的新书包，有人为你拿，

你雨中的花折伞，有人为你打，

你爱吃的那三鲜饺，有人她为你包，

你委屈的泪花，有人为你擦，

…………

"听过这首歌的请举手。"

举手三三两两。林小芳有些奇怪，电视节目中出现频率那么高，孩子居然很陌生。

"记得《小芳》吗？老师说过，歌曲里有——"

有语文！学生从开头四句歌词中，读到了排比，第二人称手法，画面感，对母亲的感激……

学唱难度不是很大，跟着电脑唱四五遍，大致能跟上节奏。纯伴奏带又跟了几遍，慢慢熟练了。林小芳要求学生背出来。

有对应的《父亲》吗？孩子又说不知道。林小芳又播放了刘和刚的《父亲》，说如果有兴趣，回去电脑上学唱。今天的家庭作业，只有一个，给妈妈唱《母亲》。

晚上的家长群又热闹了。有人发出孩子唱歌的小视频。一位家长说，听孩子唱《母亲》，两口子都感动了。

语文活动课，主题为《明天，我们毕业》。又是语文、综合实践、班队活动的"三合一"，不是生产、仓储、起居"三合一"。

前期准备工作量很大。根据创意，林小芳在学生中广泛征集素材，实物、照片或资料，将其归类整理，设计教案。闫玲说，都这节骨眼了，还有心思弄这个？林小芳说，耽误不了复习。

林小芳发出邀请，欢迎老师们来听课。

大屏幕上，主背景是六（1）班合影。影像变幻之间，从不同的角度闪过一张张同学的笑脸。背景音乐是《毕业歌》，在不同年代不同版本的《毕业歌》中，她选择了额尔古纳乐队演绎的歌曲，现代，灵动，跳动着青春气息。林小芳喜欢这种氛围。

　　　明天又开始新的出发，

　　　请不要担心害怕，

　　　告别了青春的美丽童话，

　　　我们都已经长大，

无穷花开
WU QIONG HUA KAI

············

第一个环节：考考你的记忆。

屏幕上出现一张放大的出生证，孩子还来不及取名，只有父母名字。特写一组数据，出生日期、性别、身高、体重等。然后是一张褓襁中的婴儿照，肤色猩红，紧闭着双眼。林小芳说，这是我班某同学出生时的样子，这位同学，你是否记得？

一下子，有五位学生从座位上站起。林小芳说，刚出生时都一个样，男女都看不出来，怪不得他们都以为是自己呢。也好，是谁无关紧要。

林小芳展出一组婴儿鞋袜、衣裤、帽子，让学生说说，它们相当于多大孩子的穿着，可以结合自身谈感受。孩子们嘻嘻笑着。曹琳说，这双小袜子最有趣，只容得下我两个手指，不敢想象那个时候，妈妈是怎么把它们穿到我身上的。唐冬冬举手说，别看我现在是小胖墩，奶奶一直说我，生下来时像小猴子一样，脚趾像玉米粒那么大……林小芳接话，对，老一辈都是这么形容新生儿的。

屏幕上又打出一组摇篮，有江南最常见的竹制摇篮，有底脚弧形的木质摇篮，有蚌壳式的藤制摇篮，有现代化的轻质金属架摇篮……她不知哪里弄来的一张照片，村头一棵巨大的榕树，一群老人在树荫下纳凉，树杈上挂着一只大篮子。镜头切换成特写，大篮子呈纺锤状，由荆条编织，细看，篮子里熟睡着一个婴孩。林小芳问，谁知道这个场景大致在哪个地域？冷场片刻，乔香玉举手说福建，她在福建暂住过。林小芳说，广义说南国，应该福建、两广、云贵一带，大榕树是标志物。为了防备蛇虫伤害，当地人就地取材，发明了这种吊篮。

第二个环节，猜猜我是谁？

这是一组照片，一共十张，选自孩子各个成长阶段。这帮孩子啊，藏不住什么，林小芳吩咐过，不要露底，谁知道他们私下里都交换过了。照片一打出来，孩子们兴奋地叫着。再猜没意思，那就换一种方式，让学生谈谈拍摄背景。

谢婷婷说："这是我的周岁照，背景是老家油菜地，是我爸爸用相机拍的，我的腿脚还不硬，妈妈藏在油菜秆后边，扶着我腰部，如果仔细看，菜花丛中有我妈妈模糊的身影。"

唐冬冬说："这是我幼儿园的毕业照，就在隔壁幼儿园拍的，那天正好是我六岁生日，我还记得当天妈妈买了一个很大的蛋糕，跟班上小朋友分享，你们看，我的嘴巴上粘着奶油。"

芮菲菲说："小时候我像个男孩，妈妈喜欢给我剃短发，说打理方便。这张照片在南湖，我第一次有拍照的记忆，远处划船的曹琳一家恰好闯入镜头，那时候还不认识她，后来我俩成了好朋友，也许这叫缘分。"

荣昊天本来照片少，就拿来这一张，有斑驳的褪色。他说："这是我与妈妈唯一的合影。自从她离开家，很少来看我。虽然奶奶一直说她的不好，但我依然想念她，经常看这张照片。"

荣昊天说完，教室里陷入静寂。这个长不大的孩子，母亲是他永远的痛点，每次提起母亲时眼眶湿润。林小芳不忍触发他的痛处，对他说过，虽然妈妈不在你身边，她肯定希望你好好念书。这学期，他肯做一点简单作业，有些难度的允许他抄，总的说有些进步。

第三个环节，分享成长经历。

乔军出示一个魔方。正方形，比一般四阶魔方大，六阶，每一面有三十六个色块。乔军说："很小时候，爸爸给我买过一个四阶魔方，没想到入了迷，上课偷偷玩，曾经让老师没收过。玩着玩着，觉得四阶的太简单，从网上看到有各种各样的魔方，动用压岁钱，陆陆续续买了十来个。"他熟练地拧动几下，又拿出一个圆形魔方，说是异形魔方的一种，暂时还不怎么会玩。"魔方开发智力，魔方里有无穷的乐趣，魔方伴我成长。"他总结道。

乔香玉拿出一个笔桶，毛竹制的手工艺品，花瓶状，外侧浅雕兰花，两行咏兰诗："孤兰生幽园，众草共芜没。"她说，这个笔筒是父亲捡回来的，当时一分为二了，只配生炉子。她很喜欢，用胶水粘合，不细看是看不出来的。刻的字是行书，以前认不出，园、众、芜是繁体字，更不认识。到六年级才认齐，"众"字还是林老师告诉她的。还告诉她，这两句出自大诗人李白的《古风》，下边两句是："虽照阳春晖，复悲高秋月。"从这个笔筒上，她看到了自己的成长。

李子希介绍，作为"流水琴川"志愿者，妈妈一年做义工的时间在 200 小时以上，有时母亲带着他一起去，他从母亲身上学到了爱心和奉献。李子希出示一张照片，三月三游春日在山路上跟着母亲做义工，他身着不合体的志愿者红色背心和帽子，站在山路边上，背后是如潮的人流。

无穷花开
WU QIONG HUA KAI

最后一个环节，毕业赠言。自己创作，或者现成的都可以，注意赠别对象，最终评选三条最佳赠言：

"以你的自信，以你的毅力，还有一个和你同行人的祝福，你一定能够达到理想的彼岸。"

"你是我们成长的乐园，祝福你走向更辉煌的明天！"

"你从未在别人面前炫耀过，那些芬芳的桃李，就是对你最高的评价。"

下课铃响起时，谢婷婷突然举手示意发言。她说，我对林老师有千言万语要说，一条赠言表达不了我此刻的心情，能不能换一种方式？

"好啊，说说你的打算。"

"我想给你写信。"

林小芳沉吟片刻，说，恰好，最后一篇作文是给母校或老师的信，本来计划安排在明天，现在我改变想法，作文簿上不誊写了，给你们每人发两张信笺，一个信封，你想给哪位老师写信，想说什么，通过邮局寄，通过传达室递送，自己放到老师桌上，都行。赞成的请举手。

全班齐刷刷举起了小手。

听课老师还以为这是预设的环节。

第二十章　无穷花开

　　根据行事历，期末考试安排在 6 月 24 日。作为抽考科目，毕业班语文考试提前至 22 日。市里统一阅卷，只抽了凌霏与另一位分校老师参加阅卷。所有时间都留给数学和英语，不需要进教室，林小芳闲得慌。

　　红梅小学通知林小芳回去一次。校长说，暑假将有人事变动，教导处需要一名分管语文的副教导，很多人推荐你，我个人也觉得，你是最合适的人选。你也知道，现在选拔干部不能直接任命，都要通过竞聘，请你早作准备。林小芳说，那边怎么办，说好两到三年的，刚有点头脑。校长说，你近四十了吧？提拔的机会不是说有就有的，支教么，以后再说，组织上会帮您协调的。

回到南湖小学，林小芳着手扫尾工作。她估计，在这里的时间总共还有四天。学生成绩册、报告单之类，能预先做的都做了，只等最后一栏期末成绩出来。办公室只有她一个，小顾、小卢在教室，胡几何午后骑着电瓶车出了校门，苗珊珊一天没见人影。办公桌里的私人物品很少，一个手提袋足够装得下。电脑该还给学校，里边的资料，有用的存入云盘，没用的统统清除。

右下角跳动邮件提示，《精品》杂志社发来邮件，她的教育随笔《给每个孩子一片蓝天》被留用，预计在暑期合刊发表。由于版面有限，编辑要求压缩至 3000 字。拓展难，压缩小菜一碟，掐头去尾，削减枝枝蔓蔓，不多不少，正好 3000 字，马上发过去。她投稿前，研究过杂志的风格、定位，这个杂志不是纯理论刊物，偏向随笔，是她喜欢的文体，小试牛刀，她电脑里还有不少随笔。

非调研班阅卷这天，抽考学科成绩通过内部邮件发送到各校。当下，学校为难呢，既不能大张旗鼓讲分数，又不能不讲分数，内部不搞排名，可阿拉伯数字明摆着。平均分、优秀率、合格率，三项指标中，平均分始终是第一要素。匡校长叫林小芳去校长室，凌霏也在，两人正在横向纵向比对成绩。匡校长说："小林，你班上考得很好！我代表学校感谢你付出的努力。"凌霏已经把学生的成绩打印出来，附带三个抽考学科的统计表。四年级英语和五年级数学事不关己，林小芳只关心六年级语文。全市平均分88.9分，南湖小学89.1分，六（1）班92.5分，远远超过市平均分，超过凌霏的六（3）班，这是她想不到的。欧阳教导第三，胡几何第六，苗珊珊又是垫底，落差达8分。林小芳班40人，超过90分的35人，刘翔也得了80.5分，荣昊天只有49.5分，已经很不错了。

　　欧阳教导进来拿统计表，顺便拿走自己班上的成绩。凌霏说，我和你都不如六（1）班。眼睛盯着林小芳忽闪。欧阳说，一分耕耘一分收获，小林的卖力，谁都学不来。再说呢，她不是死卖力气，勤奋中有巧劲。工作几十年了，小林这种老师没见过几个。凌霏的话头不是往这个方向拐的，却让欧阳教导借机褒扬了一番林小芳。刚才匡校长已经赞扬过了，凌霏有些不爽。凌霏又拐到试卷上，说那道选择题，全市正确率不到百分之十，六（1）班居然对了38人，我们就输在这道题上，林老师正好弄过这个内容。

无穷花开
WU QIONG HUA KAI

　　凌霏这句话是冲欧阳说的，却似曾相识，怎么跟苗珊珊等一个腔调呢，暗示考得好是靠运气，而非实力。班级之间拉开差距，本质在扎实程度，一两道偏题怪题更明显。那又是课外考级上的内容，鲁滨孙在荒岛上饱受苦难折磨，从《圣经》中读到一句话，成为他活下去的精神支柱。四选一，每句都像，"你在患难的时候呼求我，我就必拯救你，而你要赞颂我。"文中出现多次，通篇读过便有印象。考级目的不在于读多少本书，而在于阅读兴趣与习惯的培养。试卷中撒葱花一般弄几个题目，检测学生是否花精力真读。一个题目，一个知识点的"碰巧"，需要千百个知识点的支撑。

　　你对我肯定一次何妨？作为领导，不，作为一个同轨学科的同行，不行吗？你心中，清风带着鸟鸣吹皱的"瓦尔登湖"水真是那样澄澈么？林小芳心中，本来摇摆的天平渐渐一边倒去。反过来，靠一个两个领导的肯定就是好老师吗？这么想着，林小芳释然了。

　　匡校长大概已有所知情，说小林来的时间不长，给学校带来了一种全新的精神面貌，唉，可惜我们庙小留不住你。如果你愿意留下，不会亏待你的，呵呵，我们一厢情愿而已。

林小芳在家长群里送出最后一句祝福，不等反应，删除并退出家长群。估计要不了几天，这个群自动解散，他们将加入新的家长群。世上没有不散的筵席，她和这个班的家长们，来不及熟悉便永远分开了。她和他们只是工作关系，按现在的情势，能跟家长相处到这程度不错了。已经加微信好友的家长，最多留到暑假开学，她不想有太多的好友。

休业式上，林小芳朗读了她给孩子们的回信。最后她说，感谢你们中间那么多孩子给我的来信，值得欣慰的，是你们这一年中的进步，我从你们身上获得了动力。我不会忘记你们！

毕业典礼安排在休业式后，走个过场而已，历时不到半小时。拿着毕业证书走出校门后，他们不再属于这所学校。这个班大部分学生就近升入南湖中学，父母购买学区房的芮菲菲、曹琳等几位到市实验中学，李子希、谢婷婷入市第一中学，刘翔、乔香玉回老家上初中……她想站在教室门口，目送孩子们消失在楼梯拐角，似人生走入不可知的未来。她说，暑假的某一天，有一个半程马拉松赛在南湖景区举办，如果你们有兴趣观看比赛，也许能在队伍中看到我。她以这句不太伤感的邀请替代告别。

孩子们却不想走，说想看看亲手植的木槿。

怎么把这事给忘了？像记起了自己的孩子。

孩子们呼啦啦涌向河边，他们看到了什么？岸陂一道绿篱贯通东西。今年开春，学校新栽了更多的木槿，是英雄所见略同，还是哪位老师无意间受到启发并倡议的？而去年林小芳带着孩子们栽的木槿更高更绿更为繁茂。

"木槿花！"孩子们兴奋地叫起来。

可不是，枝叶扶苏，稀稀拉拉挂着几朵粉红色的木槿花。

"想不到，去年扦的今年已经开花了。"林小芳也很兴奋。还是重瓣的呢，十个卷曲的花瓣，中间黄色的花蕊，凑近，鼻息淡淡的幽香。

林小芳取网名"木槿花语"，除了怀乡情结，还有更深的意蕴。木槿的花期长，是木本花中开得最长的花，从春天一直开到秋天，象征着坚韧、永恒与美丽。

林小芳告诉孩子们，木槿花是韩国的国花，它有许多别名，其中一个非常好听的名字——无穷花。

无穷花开了！

后 记

　　不要以为老师最了解学生，学生所作所为、所思所想都了如指掌。老师与学生间的心理距离，不仅是代沟造成，也因为身份角色。很多老师只管教书，不太研究孩子的心理，所谓的研究流于浅表。这么说吧，作为家长，跟子女天天在一起，你对自己孩子了解多少？

　　真要写一个与孩子相关的作品，就真要研究孩子。孩子在课堂上与课堂下的表现不一样，在校与在家不一样，在老师与在同学面前不一样，在这个老师与那个老师面前又是不一样。我对孩子的了解，一部分来自平日接触、观察、揣摩，一部分来自其他老师有意无意的言谈，一部分来自与家长的交流。或者，通过阅读专著、专业论文。专业书中学生都贴了标签分类，与现实中生龙活虎的个体有一定距离。我也读一点儿童文学，典型化形象，都很可爱，我教过的孩子中有一点影子。

《无穷花开》中的南湖小学，相当于我多年工作的农村小学，一所放大了的村小，或者是现在多校合并的规模学校。我没在城区教过书，有人说城乡差不多，但我认为，城里可复杂多了。即便现在的农村规模学校，也比先前复杂得多。

我想把关系孩子的作品写得单纯些，越单纯越好。我怀念单纯，怀念昔日的村小。

我这辈子离不开乡土，几十年的教书生涯大多在村小频繁的调动中走过。岁月静好，它将我嗓音的清亮摩挲成嘶哑，它将我的人生在讲台上站成秋天，它风干了一个年轻人当初的傲气和勃勃雄心。回头去看，很多经历已然模糊，大把大把时光遁入我记忆真空，去向不明。我游走于六所村小，前半程当普通老师，后半程则以领导的角色被派往这里那里。我本质上还是一个老师，从无脱离主课，一次次放弃了冠冕堂皇的偷懒机会，就是在列入退休序列的今天，仍对滑行式的弹性上班毫无兴趣。

　　我在乡人羡慕的目光中走出农门，师范毕业后，又回到乡村。父母对"书包翻身"的我未能四海为家少了些炫耀的资本，一个挤过高考独木桥的读书人，仅仅当一名小学老师，乡人的目光里也缺少了先前的热情。除了户口，并没有真正把自己连根拔起，我仍然是兼职农民，侍弄庄稼，做土坯，打零工，就像与我终日相处的民办教师。只有当我站在讲台，坐在办公室，理直气壮享受单休的时候，我的身份才是明晰的。在以钱为贵的世俗目光中，我一开始就丧失了优越感，工资不如一个初中未毕业的木工、泥瓦匠。民师更惨，很多人没能熬到转正，中途改行。那些坚持下来的，微薄的薪金只够养家糊口，乡下人视攒钱造房为一辈子的宏愿，在他们看来遥遥无期。于是，工作之外狠命挣钱，他们时常一个裤腿长一个裤腿短小跑着出现在教室，皱巴巴的衣裤，腿脚沾着泥巴。他们农忙时节去队里干农活，节假日做小工，寒暑假去窑厂打工。我也曾那么勤劳过，但歇脚时手里比别人多了一本书。我戴着草帽，皮肤黝黑，肩头红肿，形貌与我的乡人与我的祖祖辈辈没什么两样，只有手里捏的那本书还能让人感到潜藏在我骨子里的书卷气。

　　乡间没有一条好路。土路狭窄，坎坷，从小练就的本事能让我在疑似无路的田野里疾步如飞。雨雪天泥泞不堪，上下坡、过小桥都很危险，大风挟雨天气，走到学校浑身透湿。早期步行，后来有了自行车，能安稳骑行的路段不过一半，遇上尴尬天气，早晨好端端骑到学校，回来时把自行车扛在肩上艰难跋涉。后来路况稍好，村里在主干道以横排人字形竖铺三块"八五砖"，骑车似走钢丝，考量车技，车轮滚过，松动的砖块骨碌碌响一路。再后来路好了，从砂石路可以开摩托车，拓宽后的水泥路可以通行汽车。

　　村小远离村庄，没有围墙，路人能清楚看到教室里上课的老师，边走边与操场上体育课的老师攀谈几句，随意走进办公室讨口水喝，村民与老师，家长与老师间都没有隔阂，难得有寻衅滋事的家长，过路人总向着学校，帮老师说话，遇到特别蛮横借酒闹事的外人，老师抱团群起反击，这些事放在网络时代，恐怕会让这所小学校一夜成名。村民把读书当回事，所以把老师当回事。孩子送学第一天，家长提着一篮子（油炸面食）到学校。孩子考取中专、大学，小学老师永远是酒席中的上宾，家长带着孩子给我们敬酒，重复着感激之词。乡下人待客的热情全在扎扎实实的菜里，不太讲究形式，布满沟壑的脸却写满真诚。老师的职业尊严，职业荣耀，在村民的态度中得到体现。

有人说，当你开始怀念的时候，说明你已经老了，我梦境中反复呈现的景象都来自村小。我所描述的场景也多数来自村小。你看，教室前是一片操场，教室后面是一条小河，小河边杨柳依依。下了课，孩子可以到小河边玩一会儿。

我待过的两所村小，场边场角都栽种木槿。那个时候几乎看不见冬青树，以木槿作绿篱，顺带造景。很长一段时间，我只知道它叫篱障花，很切合实际功能，后来才知道它有那么大气的名字，我觉得，"无穷花"应该是"芜琼花"的谐音。孩子们时常在木槿边玩，女孩子喜欢摘了花插在头上。木槿是靠扦插枝条繁殖的，我曾经带着班上的学生扦插。多年后，小学改造成了一家工厂，木槿还在，长到屋檐高了。有一次路过，看到那一排木槿，心头一热，大概是触动了那段记忆。

习惯了设施简陋的村小，习惯了与人相处的简单，连头脑都变得简单。一所所村小相继消失，我的村小生

无穷花开
WU QIONG HUA KAI

涯随最后一所村小的撤并画上句号。那个时候的师生关系，家校关系跟现在不一样。我不喜欢复杂，我在作品中，竭力想把人与人之间的关系写得单纯美好。孩子还没有长大，当他们感觉现实世界过于复杂，简直会恐惧长大。

四十多年，我教了两代人，几乎接近第三代。现在，本地条件稍好的家庭，大多把孩子送到城里学校。学校里有一大半新市民，人际关系变得复杂。社会对学校，对教师的期望值与日俱增。老师夹在孩子、家长和社会的夹缝中，凡事都得小心翼翼。

《无穷花开》创作初衷，是以学生为主角的，一不小心把老师变成了主角。这多少有些遗憾。文中的林小芳老师，有着大部分老师的共性，他们不乏理想抱负，不乏敬业精神，谨守职业道德。他们只是普通老师，没有高大上的理论，只有两点一线、日复一日的单调劳作。林小芳也有个性，一个充满人文情怀的人，难免与周边的人事格格不入。

作为老师，你可以把老师看作是一个职业，是你养家糊口、衣食住行的物质保障，但也应该是一项事业，是你精神的家园。不要太在乎负面的东西，老师的精神家园健康了，孩子的精神家园才是健康的。